Louisa & Daniel

(Serientitel: (Big Boss Billionaire)

AVA STEEL

Copyright ©

Melde dich bei meinem Newsletter an für kostenlose Bücher & aktuelle Neuigkeiten:

https://www.ava-steel.com

Besuche meine Amazon-Fanpage und folge mir, um keines meiner neuen Bücher zu verpassen:

https://ava-steel.com/autorenseite

Besuche mich auch auf TikTok:
tiktok.com/@ava_steel_romane

Oder komme in meine Whatsapp Gruppe:

https://whatsapp.com/channel/0029VaA0z0r5q08dhtSncJ3r

Schaue bei meiner Facebook-Fanpage vorbei:

https://ava-steel.com/Fanpage

Kapitel 1

LOUISA

Manchmal ist es Zeit, nicht mehr an alten Dingen festzuhalten und sich neuen Ufern zuzuwenden.

Mein Name ist Louisa Carway, ich arbeite als Flugbegleiterin mit Herz und Seele und kann mir keinen schöneren Job vorstellen. Das Unternehmen, für welches ich arbeite, hat mich nicht nur ausgebildet, es wird auch sehr familiär geführt. Leider, denn so wird die Tochter das Unternehmen übernehmen und wenn sie eines nicht leiden kann, dann sind es wir Stewardessen. Es könnte vielleicht damit zusammenhängen, dass ihr Ehemann dafür umso angetaner von mancher Kollegin ist.

„Hey, Lou, hast du heute den Nachtflug?"

„Ja, ich habe gehört, wir sind nur zur Hälfte ausgebucht. Willst du übernehmen?"

Karin, meine Kollegin, schüttelt den Kopf und reicht mir einen kleinen Zettel. Es handelt sich um einen Ausschnitt aus der Buchungsliste und der Name darauf lässt mein Blut in den Adern gefrieren.

„Warum zur Hölle fliegt sie mit?"

„Falsche Richtung, Liebes, ich glaube, sie will lieber auf Wolke sieben“, scherzt Karin und zuckt mit den Schultern. „Ich habe keine Ahnung, ihr Mann ist jedenfalls nicht dabei, insofern sind wir alle sicher.“

„Ich hoffe es.“

Es ist nie ein gutes Zeichen, wenn Olivia Wallenfells mitfliegen will. Ich bekreuzige mich und packe die restlichen Servietten und Plastikbecher in den Wagen. Das sollte für den Flug genügen.

„Ich drücke dir die Daumen. Erste Klasse hat nur eine Buchung.“

„Also sie?“

„Nein“, Karin schüttelt den Kopf, „irgendein Geschäftsmann oder so was.“

„Und sie?“

„Hat sich wie immer im Cockpit eingebucht.“

„Na super, das bedeutet einen gestressten Piloten und schlecht gelaunten Co-Piloten.“

„Es tut mir wirklich leid.“

Ich schaue zu ihr hinüber und sehe das belustigte Zupfen an ihren Mundwinkeln.

„Nein, tut es nicht, aber das ist okay.“

Zwei Stunden später ist es so weit und der Flieger ist komplett vorbereitet. Die ersten Gäste erreichen das Gate und ich sehe aus dem Augenwinkel, wie sich etwas Rotes hindurchschiebt.

„Frau Wallenfells, ich freue mich, Sie an Bord begrüßen zu dürfen.“

„Sparen Sie sich die Freundlichkeiten für die Gäste", näselt sie und schiebt sich mitsamt ihrem Koffer an mir vorbei.

Ich blicke ihr hinterher, schüttle den Kopf und richte meine Aufmerksamkeit auf die ersten Gäste. Diese sind bei Weitem glücklicher und verschwinden schnell im Inneren des Fliegers. Ich stelle das Tablett mit dem Champagner für den Ersten-Klasse-Gast zur Seite und warte auf diesen.

Kurz vor Schließung des Gates taucht er endlich auf und alles an ihm strahlt pure Männlichkeit aus. Ich bin für ein paar Sekunden wie gebannt von seinem Auftritt, ehe ich mich meiner Manieren besinne und ihn ordnungsgemäß begrüße, auf seinen Platz führe und den Champagner serviere. Ich beuge mich über ihn, stelle die Flöte ab und atme dabei tief ein. Ein schwerer Fehler. Verdammt, riecht dieser Typ gut.

Beim Aufrichten fällt mein Blick über sein muskulös wirkendes Handgelenk und die protzige Uhr, die daran wie ein Spielzeug wirkt. Ich schaue weiter hinauf und weiß es besser, ich sollte einfach schnell verschwinden. Seine stürmischen Augen treffen auf meine und mustern mich interessiert. Sie fesseln meinen Blick und lassen meinen Körper in eine Art Schockstarre verfallen. Wie das Reh, mit dem Blick tief in die Öffnung der Flinte gerichtet, stehe ich dort. Ich sollte mich entfernen und doch kann ich mich nicht rühren.

„Kann ich Ihnen helfen?", fragt er und sieht mich mit einer hochgezogenen Augenbraue an.

„Nein", entschlüpft es beschämt meinen Lippen.

Ich bleibe mit dem leichten Absatz meiner Schuhe in einer Teppichmasche hängen und komme auf meinem Fluchtweg ins Straucheln.

Er reagiert blitzschnell und umfasst meine Hüfte. Leider mit so viel Schwung, dass ich ausgerechnet in seine Richtung kippe und mit einem entsetzten Keuchen direkt auf seinem Schoß lande. Einem Platz, der sich viel zu gut anfühlt und definitiv verboten gehört.

„Begrüßen Sie alle Fluggäste so oder ist das hier die Ausnahme?“

„Was?“

Ich sehe ihn verwirrt an, natürlich habe ich seine Frage verstanden. Ich habe nur bis jetzt nicht herausgehört, ob er sie ernst meint oder die Stimmung auflockern will. In meinen Gedanken gefangen, bemerkc ich, wie sich sein Daumen sanft, aber bestimmend auf meinem Beckenknochen hoch- und herunterschiebt. Es könnte fast beruhigend wirken, wenn er nicht ansonsten mein Blut so in Wallung bringen würde.

„Verzeihung“, stoße ich aus und erhebe mich.

Dann verlasse ich auf direktem Wege die Kabine. Sein raues Lachen verfolgt mich bis in die Bordküche und ich fächle mir überfordert Luft zu.

„Wo ist der Kaffee?“, faucht im selben Moment, in dem ich für zwei Sekunden die Augen schließe, eine bekannte Stimme.

Mit einer stummen Frage gen Himmel, die ein großes Warum enthält, wende ich mich um und verspreche schon auf meinem Weg zu sein. Dieser Flug wird kein einfacher, so viel steht jetzt schon fest. Aber ich liebe meinen Beruf, also werde ich auch diese Situation meistern. Dieser Gedanke beflügelt mich regelrecht, zumindest, bis ich den Kaffee zu Mr Super Sexy bringe und eine Turbulenz diesen direkt auf seine wahnsinnig teuer aussehende Designerhose überschwappen lässt.

„Oh mein Gott", rufe ich panisch und gehe, meinem ersten Impuls folgend, direkt auf die Knie, um den Schaden, so gut es geht, abzutupfen. Meine Finger zerren das rote Halstuch meiner Uniform ab und ehe ich weiß, was ich tue, reibe ich über die feuchten Stellen.

Er stößt ein raues Knurren aus und ich halte erschrocken inne, direkt auf der Auswölbung seiner Hose, die zuvor definitiv nicht vorhanden war. Sie ist so eindrucksvoll, dass ich sie bemerkt hätte.

„Es tut mir so leid."

„Stehen Sie sofort auf", flucht er und ich möchte seinem Befehl nachkommen. Das Schicksal scheint heute jedoch einen komischen Sinn für Humor zu haben und so befördert mich die nächste Turbulenz mit meinem Oberkörper direkt zwischen seine Schenkel. Vorsichtig schaue ich hinauf und sein Atem haucht heiß über mein Gesicht hinweg.

Meine Fingernägel vergraben sich wie von selbst in der prallen Haut seiner Oberschenkel. Sein Blick ist dunkel, fast gefährlich. Sein Daumen streift über meine Unterlippe, entlockt meinem Körper ein erregtes Zittern. Ich muss mich aus seinem Bann lösen, mich professionell verhalten und genau hier besteht das Problem. Mein Gehirn scheint seine Koffer gepackt zu haben und im Urlaub auf mich zu warten.

Seine Lippen senken sich herab, streifen über meine und eine gigantische Welle purer Lust fegt durch mich hindurch. Sie lässt mich noch näher an ihn lehnen und wissen, dass es nicht genug sein wird. Verlangen übernimmt die Kontrolle und ich lasse mich ohne Protest von ihm heraufziehen, gleite auf seinen Schoß, was meinen Rock hochrutschen lässt. In der letzten Ecke meines Kopfes meldet sich noch kurz ein Funken Verstand, ehe er sich ergeben in den Feierabend verabschiedet. Seine Hände reiben über die Rundung meiner Pobacken und schieben den Rock noch höher, meine Beine gleiten links und rechts von ihm auf den Sitz.

„Ich hoffe doch, dass es ein einmaliger Service ist und sonst nicht zu den Standards zählt", knurrt er an meinem Ohr und entlockt mir allein mit dem Klang seiner Stimme ein sinnliches Stöhnen.

Seine Finger wandern unter meinen Rock, schieben den Bund meines Höschens zur Seite. Ich fühle, wie seine eigene Lust immer härter wird und sich gegen meine Mitte reibt.

Die Privatkabine der ersten Klasse hüllt uns in Sicherheit. Eine Sicherheit, die ich nicht verspüren sollte, ich darf nicht hier sein und doch scheint mein Körper ein Eigenleben entwickelt zu haben. Meine Fingerspitzen streifen über seine Brust, befühlen die stahlharten Muskeln darunter.

Ich fühle mich wie eine hungrige Hyäne und schäme mich fast dafür. Aber auch nur fast, denn im nächsten Moment öffnet er seinen Gürtel mitsamt seiner Hose und schiebt sich beides von den Beinen. Mein Höschen zerreißt zwischen seinen Fingern und ich erstarre für zwei Sekunden unter der plötzlich frischen Luft. Ich hebe mich ihm entgegen, versuche an dem kleinen bisschen Schamgefühl festzuhalten, aber schon bei seinem ersten Stoß vergesse ich alles. Sogar, dass wir mitten im Flieger sind und ich Dienst habe. Zum Glück bin ich nicht die Einzige an Bord. Er umfasst meine Arschbacken, hebt mich ein Stück an und lässt mich Stück für Stück erneut auf seine Länge nieder. Das wiederholt er so oft, bis mein Körper innerlich zum Bersten gespannt ist.

„Ich will, dass dein süßer Körper um mich herum explodiert", raunt er mir ins Ohr und verschließt in der nächsten Sekunde meine Lippen mit seinen. Sein Kuss scheint jegliche Empfindung in meinem Körper zu verstärken. Mit immer schneller werdenden Bewegungen stößt er sich tief in mich hinein.

Der Sturm in mir reißt ihn mit sich und wir fallen ihm beide keuchend und außer Atem zum Opfer. Ich spüre, wie mich seine Hitze erfüllt und meine eigenen Muskeln sich bittend und bettelnd um ihn zusammenziehen, mehr von ihm wollen.

Als ich wieder denken kann, wird mir klar, was soeben vorgefallen ist, und ich tue das Einzige, was mir bleibt. Ich flüchte vor dem ersten One-Night-Stand meines Lebens. Leider direkt in die Arme meiner Chefin.

„Das glaube ich ja nicht", keift sie los, so laut, dass es der komplette Flieger hören kann.

„Es ist nicht, wonach es aussieht", rufe ich und versuche zumindest meine Kleidung in einen ordentlichen

Zustand zu bringen, denn mein Inneres ist das reinste Chaos, mein Herz schlägt immer noch viel zu schnell.

„Gibt es ein Problem?“, erklingt die tiefe Stimme hinter mir, die mir soeben noch Lustschauer über den Rücken geschickt hat und sie jetzt in pures Entsetzen wandeln lässt.

„Das geht Sie nichts an, setzen Sie sich“, blafft sie ihn in ihrer üblichen Miese-Laune-Stimme an.

„Bitte?“

Mit einem einzigen Wort scheint sich die Temperatur im gesamten Flugzeug um mehrere Grad abzukühlen. Es würde mich nicht wundern, wenn jeden Moment die Scheiben gefrieren würden und Dementoren (versteht jeder die Anspielung auf Harry Potter?) am Fenster vorbeifliegen.

Seine zuvor so erotische Stimmlage ist mehrere Oktaven nach unten gegangen, sie gleicht dem Knurren eines bedrohlichen Raubtiers.

„Sehe ich so aus, als würde ich mich wiederholen müssen?“, fragt sie spitz.

„Sehe ich so aus, als ob ich mir Befehle von jemandem wie Ihnen erteilen lasse?“

„Haben Sie eine Ahnung, wer ich bin?“, verlangt sie zu wissen und ich ziehe den Kopf ein Stück ein, versuche auf die Schnelle herauszufinden, wie ich diesen Streit schlichten kann, ehe er eskaliert.

„Es interessiert mich nicht.“

„Das wird es aber gleich, ich verweise Sie für jeglichen weiteren Flug der Airline!“

„Das ist unser Gast aus der ersten Reihe“, keuche ich dazwischen, um sie daran zu hindern, sich selbst zu schaden.

„Sie verweisen mich also der Airline?“

„Jawohl.“

„Welche Berechtigung genau haben Sie denn bei dieser Airline?“

„Ich werde sie übernehmen. Mein Vater …“, beginnt sie, doch er dreht sich herum und lässt sie einfach stehen. Sie sieht ihm für ein paar Sekunden verwundert nach, dann wendet sie sich mir erneut zu.

„Und Sie können Ihre Koffer packen, ich werde dafür sorgen, dass man Sie entlässt.“

Sie schnauft und dreht sich herum, marschiert in das Cockpit und ich spüre, wie mein Körper zu beben beginnt. Diesmal ist es jedoch kein Verlangen, sondern pures Entsetzen, denn ich habe soeben meinen Job verloren. Und das für eine Aktion, die ich mir im Traum nicht ausgemalt hätte.

Kapitel 2

DANIEL

Der Moment, in dem du dich für einen anderen Menschen einsetzt, macht dich selbst verwundbar.

Mein Name ist Daniel Delous und ich habe schon früh gelernt, hart für das zu kämpfen, was ich haben will. Nun bin ich an einem Punkt in meinem Leben angekommen, an dem ich es nicht mehr nötig habe. Ich habe auf die richtigen Pferde gesetzt und Reichtum erlangt. Eine Summe, die ich unmöglich ausgeben kann. Habe einen Punkt erreicht, an dem ich weiß, wie ich meinen Mitmenschen zu begegnen habe und was ich wirklich benötige.

Manchmal bin ich vielleicht etwas jähzornig. Ein Umstand, der mich zum Kauf einer kompletten Fluggesellschaft verführt hat. Warum? Weil ich es kann, nein, natürlich nicht, weil ich es kann. Sondern einfach, weil mich die Chefin auf dem falschen Fuß erwischt hat.

Etwas, das mich normal nicht wirklich interessiert. Ein Umstand, den ich belächle und mir meinen Teil denke. Aber nicht so an diesem verdammten Tag. Nicht, nachdem sie dem kleinen Engel die Flügel stutzen wollte, der soeben meinen Tag gerettet hat.

Diese kleine erfrischende Schönheit, die mir nicht nur durch den verschütteten Kaffee heiße Empfindungen beschert hat.

Es war ihr anzusehen, dass sie so etwas sonst nicht tut. Ich konnte die Nervosität immer wieder in ihren Augen aufblitzen sehen. Ein Umstand, der sie noch begehrenswerter machte. Sie hat etwas an sich, das meinen Beschützerinstinkt in mir angesprochen hat, und das schafft normal nur meine kleine Schwester.

Genau die, die mir gleich den Kopf waschen wird, sobald ich lande und in meiner kleinen, aber feinen Villa ankomme. Sie leitet meine Buchhaltungsabteilung und ist eine der Besten in dem, was sie tut. Vor Großinvestitionen frage ich sie normalerweise um ihre Meinung. Hierbei jedoch hatte ich keine Zeit. Ich wollte, dass es bereits geregelt ist, wenn ich lande. Das Angebot der Airline, ein Internetpaket mit dem Flug zu buchen und so auch über den Wolken einiges erledigen zu können, zahlt sich somit voll aus. Mit einem zufriedenen Grinsen auf den Lippen und voller Vorfreude im Herzen lehne ich mich zurück und warte auf die Landung. Der alte Herr wird dort sein und seine Tochter in Empfang nehmen. Ebenso wird er mich in das Office begleiten und dort alles Weitere mit mir regeln. Ich hoffe, es wird ihr eine Lehre sein.

Es klopft und kurz darauf wird die Tür vorsichtig einen Spalt geöffnet. Die Schönheit schaut zu Boden und fragt leise, ob es noch etwas zu trinken sein darf.

„In der Tat ist meine Kehle etwas trocken“, raune ich und sehe, wie sie errötet.

„Was wünschen Sie?“

„Whiskey on the Rocks.“

„Sehr gerne.“

Sie wendet sich ab, werkelt an einem der Servicewagen und dreht sich mit dem gewünschten Produkt um. Sie reicht es mir und als sich unsere Finger berühren, ist es, als würde ein Stromschlag durch mich hindurch gehen. Was auch immer das mit ihr ist, es ist ungewohnt und nicht gut. Ich muss dem einen Riegel vorschieben. Aber das hat Zeit bis nach dem Flug.

„Ich hoffe, die Dame war nicht zu anstrengend?“

Sie sieht überrascht aus und schaut hoch, das ist der Moment, der mir den Atem stocken lässt. Irgendwas hat sie dazu gebracht, zu weinen. Etwas, das nicht sein sollte, nicht sein darf und nie wieder geschehen wird, solange es in meiner Macht steht.

„Was ist geschehen?“

„Es ist alles in Ordnung. Darf es sonst noch etwas sein?“

Ich erhebe mich und bin mit zwei Schritten bei ihr, packe ihr Kinn und drehe ihr Gesicht ins Licht, zwinge sie, in dieser Position genau in mein eigenes Antlitz zu blicken und in ihren Augen zu lesen.

„Ich mag es nicht, wenn man mich anlügt“, erkläre ich ihr gefährlich nah an ihrem Ohr und sehe die körperliche Reaktion an ihren Nackenhaaren, die sich direkt aufstellen. Aus irgendeinem Grund musste ich wissen, ob es ihr genauso geht. Ob sie diese Anziehungskraft spürt, auch wenn sie nicht sein sollte.

„Ich weiß nicht, wie das passieren konnte, weder mit dem Kaffee noch all dem danach. Ich tue so was normalerweise nicht und wenn ich könnte, würde ich es rückgängig machen."

„Warum?"

„Was?"

„Wieso willst du es rückgängig machen?" Mein Blick gleitet auf ihr Namensschild. „Louisa."

Es ist ein gutes Gefühl, ihren Namen auszusprechen, fast zu gut. Es fühlt sich an, wie eine Melodie zu summen, einem Ohrwurm nachzugeben.

„Ich habe meinen Job verloren für ein paar Minuten Spaß."

„Ich glaube, dass es weit mehr als ein paar Minuten waren und um den Job mach dir keine Gedanken."

„Das muss ich aber, denn davon bezahle ich meine Lebensmittel, meine Wohnung, mein Auto."

Je mehr sie aufzählt, umso mehr scheint ihr erneut bewusst zu sein, wie viel sie aufs Spiel gesetzt und verloren hat.

„Ich werde mich darum kümmern."

„Oh nein, bitte nicht. Das wird es nur noch schlimmer machen", keucht sie entsetzt und zieht sich zurück. Es gefällt mir nicht, weder, dass sie sich meinem Griff entzieht, noch, dass sie mir nicht zutraut, ihre Probleme zu lösen. Gleichzeitig weckt es etwas, das ich seit der High School nicht mehr gefühlt habe. Ehrgeiz.

Ich will ihr beweisen, dass ich sehr wohl mehr kann, als sie denkt. Will sie begeistern. Verflucht, was ist nur los mit mir? Es sollte mir egal sein, was irgendwer denkt.

Es ist mir verdammt noch mal egal. Immerhin bin ich Daniel Delous, Investor, Selfmade-Billionaire.

„Du traust mir nicht?“

„Ich kenne dich nicht“, erwidert sie und schüttelt den Kopf.

„Dein Körper sagt etwas anderes.“

„Das ist nur körperlich.“

„Und was macht das für einen Unterschied?“

„Körperliches Begehren hat nichts mit einer klugen Entscheidung zu tun.“

„Dennoch schien es dir zu gefallen.“

„Natürlich, körperliche Erfüllung geht immer mit einem Moment purer Glückseligkeit daher. Es sollte nur nicht ein gesamtes Leben oder gar eine Zukunft kosten.“

Damit wendet sie sich ab, schließt die Kabinentür und lässt mich stehen. Sie hat mich einfach abserviert, mich gescholten, als wäre ich ein kleiner Junge, und verdammt, ob ich es will oder nicht, es juckt mir in den Fingern, diesen kleinen Schlagabtausch weiterzuführen.

Kapitel 3

LOUISA

Das Leben wird nicht leichter, du wirst stärker!
Der Sinn des Lebens ist es, mit Sinn zu leben.

„Ich habe gehört, es gab mächtig Ärger?“, fragt Lionel, einer unserer neueren Kollegen. Nein, stopp, wir sind einfach keine Kollegen mehr, immerhin habe ich meinen Job verloren.

„Anscheinend habe ich es heute geschafft, mein gesamtes Leben gegen die Wand zu fahren.“

„Schätzchen, wir sind in einem Flieger, nicht in der Bahn. Wir fahren nichts gegen die Wand.“

„Dann habe ich es zum Absturz gebracht“, murre ich, denn ich weiß seinen Versuch, mich aufheitern, zu schätzen, aber mir ist wirklich nicht danach.

„Was ist denn passiert?“

„Ich …“, ich zucke mit den Schultern, weiß einfach nicht, wie ich über meine Dummheit sprechen soll.

„Okay, hey … Es ist alles gut, komm her“, säuselt Lionel und zieht mich kurz in die Arme, aber anscheinend lange genug, um mich in die nächsten Probleme zu stürzen.

Die Tür zum Cockpit öffnet sich zeitgleich mit der Tür zur Kabine der ersten Klasse. Zwei Augenpaare scheinen sich auf uns zu fixieren, ehe sie einander wahrnehmen. Ich löse mich schnell aus seiner Umarmung und beginne alles für die Landung vorzubereiten. Unser Fluggast geht an uns vorbei zu den Toiletten. Ich spüre seinen Blick immer noch auf mir und merke, wie nervös mich das macht. Frau Wallenfells hingegen scheint sich damit zu begnügen, Lionel das Leben zu erschweren, sie behandelt mich wie Luft. So, als wäre ich schon gar nicht mehr hier.

Die Durchsage des Piloten erklingt in der kleinen Bordküche, sodass wir die nötige Ausrede haben, sie einfach stehen zu lassen und durch die Gänge zu eilen, alle Klappen zu verschließen, sicherzugehen, dass alle Tische hochgeklappt sind, die Gurte sitzen und jeder Passagier an seinem Platz ist. Meinen Blick in die Kabine der ersten Klasse halte ich so kurz wie möglich und doch trifft mich das Feuer in seinem Blick bis tief ins Herz.

„Ich hoffe, dein kleiner Freund hat keine …“, beginnt er und ich schüttle den Kopf.

„Er ist kein Freund“, stoße ich aus und sehe ihn kurz verwirrt an. Warum erzähle ich ihm das überhaupt? Was auch immer mich dazu veranlasst hat, heute ist es ohnehin egal. Das ist der erste Tag vom Rest meines Lebens, mit einer ungewissen Zukunft. Wieso also an selbst auferlegten Regeln festhalten?

Sein Blickt wendet sich ab, er schaut beschäftigt auf sein Smartphone und ich lasse ihn. Es sollte mir recht sein, wenn er die Konversation zwischen uns abbricht. Leider ist es das aber nicht.

„Wir landen in Kürze, bitte schnallen Sie sich an.“

Damit schließe ich die Tür und entferne mich auf meinen eigenen Platz. Ich rufe bei Lionel durch, ob er und die beiden anderen Damen der Flugbegleitung sitzen. Dann gebe ich es ins Cockpit weiter und wir setzen zur Landung an. Unsere Piloten sind geübt und auch wenn das Wetter heute nicht ganz mitspielt und immer wieder für ein paar Turbulenzen sorgt, ist es doch eine gelungene Landung. Die Passagiere applaudieren und beginnen ihre Sachen zusammenzupacken, um aus dem Flugzeug zu stürmen, dabei sollte ihnen klar sein, dass sie spätestens an der Gepäckausgabe warten müssen. Ich öffne die Tür zum Gate, begrüße die Mitarbeiter dort und trete zur Seite, um die ersten Gäste zu verabschieden. Sie stürmen wie eine Schar Ameisen heraus, alle in ihren eigenen Plänen gefangen.

Es ist, als würden sie die Welt um sich herum komplett ausblenden, und mir wird schmerzlich bewusst, dass ich diese Eigenschaft die nächsten Tage erlernen sollte. Ich kann mich natürlich bei einer der unzähligen anderen Airlines bewerben und werde wahrscheinlich auch genommen. Aber das hier, das ist mein Zuhause. Ich kenne so gut wie jeden Flieger, das Personal, wir sind eine Familie.

Frau Wallenfells schwebt aus dem Cockpit und ich erhasche einen Blick auf das gestresste Gesicht des Co-Piloten. Sein Blick trifft den meinen und entweder sie hat sich dort noch schrecklicher benommen als sonst oder sie hat ihnen bereits erzählt, was vorgefallen ist, und der pure Unglauben in seinen Augen gilt somit meiner Dummheit.

Die Kabine zur ersten Klasse öffnet sich und er kommt hervor. Ich setze an, um ihn zu verabschieden, doch er wendet sich an Wallenfells.

„Können wir?“

Ihr sonst so hochnäsige Art scheint mit einem Mal verschwunden. Sie starrt ihn hasserfüllt und ungläubig an. Ich versuche herauszufinden, was hier soeben geschieht, habe jedoch keine Chance, denn mehrere Passagiere schwärmen zwischen uns hindurch.

„Was war das denn?", frage ich, ins Cockpit gewandt, nachdem sie mit ihm verschwunden ist.

„Hast du es noch nicht gehört?", kommt es überrascht vom Co-Piloten.

„Nein, was denn?", frage ich.

Unser Pilot dreht sich herum und sieht zufrieden aus. „Die Wallenfells wird die Führung nicht übernehmen."

„Wie soll ich das verstehen?"

Ich schaue die beiden fragend an. Warum sollte sie die Führung nicht übernehmen? Sie ist immerhin die Tochter …

„Es gibt einen neuen Besitzer, die Übergabe findet wohl in diesem Augenblick statt. Heute Nachmittig gibt es eine Mitarbeiter-Versammlung. Die Rundmail müsste in wenigen Minuten eintreffen", erklärt er weiter.

„Die haben die Airline verkauft? Aber warum?"

„Mädchen, Kohle. Für Kohle tut man so einiges", knurrt der Co-Pilot und ich spüre, wie mich ein Schauer befällt.

„*Ich kümmere mich darum*", hallen die Worte des geheimnisvollen Fluggastes aus der ersten Klasse in meinen Ohren nach.

„Und die Verträge?", hake ich nach.

„Das erfahren wir erst heute Nachmittag. Aber schlechter kann es ja nicht werden", murrt Lionel hinter uns.

„Grundgütiger, du weißt es auch schon?"

„Ja, habe es vorhin mitbekommen, als die Wallenfells mit ihrem Vater telefoniert hat."

„Also ist es ganz frisch?"

„Anscheinend so frisch wie ein Eintagsküken", erklärt unser Pilot und schiebt sich an uns vorbei in die Küche, um seine Tasse abzustellen.

Ich schaue ihnen nach, sehe dabei zu, wie sie ihre Sachen nehmen und gehen, und stehe immer noch im Flieger, als der Reinigungstrupp hereinkommt. Sie sehen mich etwas skeptisch an.

„Oh, Verzeihung, ich war noch in Gedanken."

„Gibt es viel zu tun?", fragt Izmir, einer der Reinigungsmänner. Er ist einer von der besonders freundlichen Sorte und normalerweise freue ich mich immer, ihn zu sehen. Sein Lächeln ist ansteckend. Doch heute hilft auch das nicht.

„Nein, wir waren nicht voll", raune ich und trete hinaus aufs Gate. Es bringt nichts, weiter Trübsal zu blasen, alle Antworten werden bis mittags warten müssen.

Bis dahin habe ich jedoch keine Ahnung, wie ich die Wartezeit überstehen soll oder was ich mache.

Zuerst sollte ich mir wahrscheinlich einen Kaffee besorgen, dann kann ich immer noch weitersehen. Ich weiß nicht einmal, ob mein Hotelzimmer noch reserviert ist oder ob sie das direkt abgesagt hat. Geschweige denn, ob sie das kann, immerhin ist sie ja jetzt nicht mehr die Nächste in der Reihe der Familiendynastie. Es schockt mich immer noch, dass sie wirklich die gesamte Fluggesellschaft verkauft haben sollen. Das lässt automatisch meinen Blick an der inneren Glasfront des Flughafens hinaufgleiten zu den Büros der jeweiligen Gesellschaft. Ich weiß, wo ihres ist, immerhin war ich schon mehrmals dort. Zuerst für mein Vorstellungsgespräch, dann für den Arbeitsvertrag nach der Ausbildung, zwei Lohnerhöhungen und letztens erst, um einen Antrag auf Sonderurlaub zu stellen, da meine Freundin Kathy geheiratet hat. Auch noch einen Rennfahrer, das hätte ich auch nie erwartet, aber meine Gedanken schweifen ab.

Die Tür zum Büroraum öffnet sich und gibt einen kurzen Blick auf das Innere frei. Ich erhasche somit einen Blick auf die kleine Runde aus altem Chef und seiner Tochter, ehe sich Scarlett, die Sekretärin vom alten Boss, hindurchzwängt.

Es fühlt sich komisch an, ihn den alten Boss zu nennen. Eine Neugierde auf den neuen Boss steigt ins Unermessliche, gleichzeitig würde ich gerne wissen, was nun mit dem Fluggast aus der ersten Klasse geschehen ist. Vielleicht hat sich sein Flugverbot für die Airline ja dank des Verkaufes in Luft aufgelöst?

„Hey, Lou, was machst du denn noch hier?"

Ich schaue erstaunt zu Lionel.

„Das Gleiche könnte ich dich fragen", gebe ich wieder.

„Ich warte auf Cassy."

„Cassy?"

„Die Neue von Airline for Heaven."

„Oh, hat es doch gefunkt?"

Es würde mich wirklich für ihn freuen und der rötliche Schimmer auf seinem Gesicht deutet darauf, dass es mehr als nur leicht gefunkt hat. Sein Gesicht erstrahlt und ich weiß auch, ohne mich umzudrehen, dass die Auserwählte wohl soeben das Terminal betreten hat.

„Viel Spaß", raune ich und gehe weiter.

Am Kaffeestand angekommen, merke ich, wie dringend nötig ich ihn wirklich habe. Denn ich spüre plötzlich, der Nachtflug hat mich doch ganz schön mitgenommen. Oder die Aufregung, vielleicht auch eine Mischung aus beidem.

Fünf Minuten später sitze ich an einem der kleinen Ecktische und versuche die Zeit totzuschlagen. Wahrscheinlich wäre es intelligenter gewesen, das Hotel zu prüfen. Mit einem Blick auf die Uhr beschließe ich, mein Glück zu versuchen, immerhin bleiben mir so noch fünf Stunden Schlaf bis zur Versammlung. Ich erhebe mich und stakse auf den Mülleimer zu, um meinen Becher zu entsorgen, und gehe zu den Taxiständen raus. Das Hotel ist ganz in der Nähe und zum Glück existiert mein Zimmer wirklich immer noch.

Mit meinem kleinen Koffer auf Rollen marschiere ich zu den Aufzügen, gehe hinein und drücke die Sieben. Mein Blick gleitet in die große Spiegelfront. Was ist passiert? Ich starre eine Fremde an, die doch irgendwo Ähnlichkeit mit mir hat. Meine Wangen sind immer noch gerötet, meine Haut zu blass. Mein Rock verknittert und meine Haare lassen wir besser aus. Grundgütiger, so war ich draußen unterwegs.

Ein Umstand, der mich fast im Erdboden verschwinden lässt. Die Türen öffnen sich mit einem leisen Pling und ich eile hinaus auf den Gang. Ein älteres Ehepaar kommt mir entgegen und mustert mich neugierig. Ich grüße kurz und hechte zur Tür mit meiner Nummer. Sobald diese sich öffnet und meine sichere Höhle freigibt, kann mich nichts mehr halten. Ich stürme hinein und verschließe den Eingang. Dann sinke ich am kalten Türblatt hinab, streife die Schuhe ab und vergrabe meine Zehen im tiefen Teppichboden. Die Kälte kriecht langsam durch meine Wirbelsäule bis zu meinen Organen und scheint alles in mir lahmzulegen. Meine Atmung wird hektischer und dennoch fühle ich mich atemlos. Lieber Gott, ich bekomme eine Panikattacke. Alles, nur das nicht.

Wir werden geschult, wie wir solche unterbinden können. Einen klaren Kopf behalten. Ich musste es nur noch nie an mir selbst ausprobieren und je mehr ich es versuche, umso schlimmer scheint es zu werden. Mit aller Macht lenke ich meine Gedanken auf den Schulungsinhalt. Ruhig und tief ein- und ausatmen. Den Körper entspannen, die Muskulatur bei jedem Atemzug mitarbeiten lassen und vor allem beim Ausatmen lockern. All das ist in meinem Kopf, ich weiß es zu tun und doch sagt mein Körper mir, dass er gerade darauf scheißt, was irgendeine Schulung für gut erachtet.

Ein Zittern geht durch mich hindurch. Ich bewege mich auf allen vieren durch den schmalen Flur auf das Badezimmer zu und kämpfe mich in die Dusche. Meine Fingerspitzen berühren den Hahn und drehen ihn auf. Eisiges Wasser prasselt auf mich nieder und wird allmählich wärmer. Mein Kopf ruht auf meinen Armen, die ich locker auf den angezogenen Knien verschränke. Endlich schaffe ich es, die Atmung ruhig zu halten, mein Inneres zu kontrollieren und nicht die Kontrolle an die Angst abzugeben. Es ist das erste Mal, dass mich selbst eine Attacke ereilt und so überraschend erwischt.

Meine Kleidung ist durchtränkt, meine Haare hängen mir in nassen Strähnen ins Gesicht und endlich hört das Zittern auf. Meine Gedanken schweifen ab, nehmen mich mit, weit weg aus dem kleinen Badezimmer heraus. Ich versuche mir auszumalen, was wohl der Fremde aus dem Flieger gerade tut, und ärgere mich, dass ich nicht einmal seinen Namen weiß.

Er hingegen kennt meinen dank meines Namensschildes und die Art, wie er ihn ausgesprochen hat, war mehr als heiß. Allein die Erinnerung lässt mich meine Schenkel enger zusammenpressen. Bedauerlich, ihn nie wiederzusehen. Mein erster One-Night-Stand und dann auch noch ohne Kaffee danach. Macht man das überhaupt? Ich versuche mich an die Geschichten meiner Freundinnen zu erinnern. Nein, ich glaube, die meisten sind wirklich einfach getrennte Wege gegangen. Außer Linda, sie steckt immer noch mit ihrem One-Night-Stand im Paradies. Die beiden haben sich gesucht und gefunden. Wie im Märchen. Leider bleibt es meist dabei, dass es einfach nur Fantasie, Wunschdenken ist, so etwas selbst zu erleben.

Vier Stunden bis zur Versammlung und ich weiß, ob ich mein Leben komplett oder nur teilweise geschrottet habe. Zeit, ins Bett zu gehen, aber zuerst muss ich mich aus der Dusche kämpfen.

Kapitel 4

DANIEL

Dankbarkeit ist das Gefühl, wenn sich das Herz erinnert.

Alles, was ich erreicht habe, habe ich mir selbst zu verdanken. Einen kleinen Teil vielleicht auch meinen Eltern, immerhin haben sie mich zu einer starken Persönlichkeit erzogen. Den Rest hat das Leben ganz allein gemacht, mich geprägt und auf die Realität eines Erwachsenenlebens vorbereitet.

„Sie wollen die Airline kaufen, warum?"

Der alte Mann steht am Fenster und schaut auf das Treiben im Terminal hinab.

„Ich bin Investor."

„Aber die Zahlen laufen nicht gut", wirft er ein.

„Dann sagen wir, ich habe die Möglichkeiten gesehen, die Ihnen bis jetzt wohl entgangen sind."

Er zieht die Augenbrauen hoch und murmelt etwas in seinen Bart.

„Papa", jammert die zuvor so hochnäsige Schnepfe und stakst im Raum herum. Wenn ich ihrem Papi verklickere, dass genau sie der Grund ist, wird er durchdrehen.

„Also, bringen wir es hinter uns und dann möchte ich gerne die Personalakten sehen."

„Die Personalakten? Möchten Sie der Belegschaft kündigen?"

„Nein, keinesfalls, ich verschaffe mir nur gerne einen Überblick. Es liegt mir nicht, überzureagieren und vorschnelle Entscheidungen zu treffen, die mehr Folgen mit sich führen könnten als diese, die ich überschauen kann.“

Sie stößt ein empörtes Keuchen aus und ihr Vater schaut interessiert zu ihr hinüber. Sein Blick wandert zwischen uns hin und her.

„Was geht hier vor?“

„Ich denke, das wird Ihre Tochter eher beantworten können, wir hatten wohl auf der Flugreise bereits das Vergnügen, uns kennenzulernen.“

Sie schüttelt fauchend den Kopf.

„So nennen Sie das?“

„Ich denke, wir sollten das Ganze jetzt langsam zum Abschluss bringen, ich habe heute nicht den ganzen Tag Zeit und später noch eine Mitarbeiterversammlung meiner neuen Airline“, flöte ich gut gelaunt und setze mich auf die Tischkante am Kopfende der Tafel. Der alte Herr kommt auf mich zu, ich sehe, wie seine Finger den Kugelschreiber umkrampfen. Wenn er unterschreibt, hat er ausgesorgt, gleichzeitig gibt er ebenso sein Lebenswerk weg. Aufgebaut von etlichen Generationen, seit die Menschen die Luftfahrtwege für sich entdeckt haben. Ich bemerke die Kraft, mit der er den Stift aufsetzt, an der Vibration der Tischplatte. Mein Blick gleitet auf die frisch aufgetragene Tinte. Mit einem zufriedenen Nicken lasse ich meinen eigenen Stift locker und elegant über das blütenweiße Papier gleiten und besiegle meinen Kauf.

„Und was werden Sie nun tun?“, fragt er.

„Als Erstes ein paar Kleinigkeiten in den Mitarbeiterregelungen ändern und dann mir die Aufstellung der letzten Jahre ansehen.“

„Das haben Sie nicht zuvor?", fragt er überrascht.
„Nein, ich kaufe nach Intuition."
Seine Tochter kommt bei uns an.
„Daddy, wie kannst du nur …", beginnt sie, doch er betrachtet sie mit einem Blick, der selbst einen gesamten Klassenraum zum Verstummen bringen könnte.
„Wir klären das zu Hause."
„Er hatte Sex mit Louisa Carway!"
Der Raum scheint für ein paar Sekunden sämtlichen Sauerstoffanteil zu verlieren, ehe dieser mit einer fühlbaren Druckwelle zurückkehrt.
„Was tut das zur Sache?", verlangt ihr Vater zu wissen, aber das ist für mich absolute Nebensache, denn soeben habe ich ihren Nachnamen erfahren.
Meine Faszination von ihr wird immer stärker und das lässt mich meinen Entschluss festigen als erste Amtshandlung muss her, dass es kein Techtelmechtel unter Angestellten gibt. Das wird uns schützen und vor allem mich selbst vor weiteren Dummheiten.
Ich benötige einen klaren Kopf und gute Argumente, denn meine Schwester ist bereits auf dem Weg und sie wird mir diesen abreißen, wenn ich nicht belegen kann, warum ich es gemacht habe.
Nicht dass es finanzielle in die Waage fallen würde, aber sie ist eine der präzisesten Personen, die ich kenne. Ich warte, bis die beiden ihre Diskussion beendet haben und das Büro verlassen. Die Sekretärin kommt herein und drückt mir zögerlich die Unterlagen in die Hand.
„Wenn es Ihnen nichts ausmacht, Sir, würde ich gerne mit dem alten Herrn gehen. Meine Jahre hier sind vorbei."
„Es wäre mir eine Ehre, Sie hierzubehalten, aber ich akzeptiere Ihren Wunsch. Unter einer Voraussetzung."
Sie sieht mich mit ihren klugen alten Augen an.

„Arbeiten Sie meine Schwester in die Abläufe ein, bevor sie gehen“, bitte ich und sehe, dass sie darüber nachdenkt. Sie nickt und stimmt zu und damit ist die größte Hürde schon einmal überwunden.

Wenn sich meine Schwester um die Einarbeitung kümmern muss und nicht viel Zeit hat, bin ich sicher vor ihrer Laune. Zufrieden mit den Entwicklungen des Tages setze ich mich an den Schreibtisch und überschaue das dürftig eingerichtete Büro. Etwas mehr Grün und vielleicht ein paar Dekorelemente würden nicht schaden. Die Akten vor mir sind leicht eingestaubt, das bedeutet es gab schon lange keinen Personalwechsel mehr. Ich mag Beständigkeit in Unternehmen, vor allem, wenn es mir gehört. Meine Finger gleiten über die Tabelle mit Namen bis zum L herab. Dann habe ich sie gefunden. Sie an Louisa, so schnell werden wir uns wiedersehen. Zwei Stunden später klopft es an die Tür und ich bitte Herein.

„Daniel“, ruft meine Schwester und kommt herein, dabei erweckt sie durch ihren fließenden Gang fast den Anschein, als würde sie schweben.

„Eleonora“, erwidere ich und gehe ihr entgegen.

„Wie schön, dich wiederzusehen.“

„Das würde ich auch gerne von dir behaupten“, murrt sie, aber das Lächeln in ihrem Gesicht straft ihre strengen Worte eine Lüge. „Bitte sage mir, dass es einen triftigen Grund gibt.“

„Was wäre denn ein triftiger Grund?“

„Keine Ahnung … Vielleicht geht die Welt unter und wir haben mit dieser Fluggesellschaft ein Luftrettungsboot?“

„Ich muss dich enttäuschen. Du hast zu viele Actionfilme gesehen.“

„Aber was zur Hölle hat dich dann dazu veranlasst, eine Airline zu kaufen, ich verstehe es einfach nicht. Wir handeln mit Wein, Gold, alten Militärwaffe …“, beginnt sie aufzuzählen und wird von einem erneuten Klopfen unterbrochen, das muss meine Rettung sein.

„Herein.“

Die ehemalige Sekretärin steckt ihren Kopf herein und stellt sich vor. Dann nimmt sie meine Schwester mit, die sich mit einem tiefen Atemzug wappnet einer Horde verstaubter Aktenordner gegenüberzutreten. Das muss auf jeden Fall digitalisiert werden, ich bin es gewohnt, von überall an meine Unterlagen zu gelangen. Ich versuche mich erneut auf die Rede für meine neuen fleißigen Mitarbeiter zu konzentrieren, doch in Wahrheit kreisen meine Gedanken durchgehend um eine einzige Person. Louisa Carway, sie hat ihre Ausbildung hier begonnen und bis heute hat sie sich nichts zuschulden kommen lassen. Es wäre eine fatale Entscheidung von den Wallenfells gewesen, sie wegen dieses kleinen Zwischenfalls zu kündigen. Ein Umstand, der sich nun erledigt hat, denn sie wird für mich arbeiten, koste es, was es wolle.

Zwei Stunden später kommt Eli mit etlichen Sorgenfalten im Gesicht zurück.

„So schlimm?“

„Hast du einen einzigen Blick ins Aktenlager getätigt, bevor du dieses Unternehmen gekauft hast?“

„Nein, natürlich nicht, es ist nichts digitalisiert.“

Das entlockt ihr zumindest ein amüsiertes Schnaufen. „Du bist unverbesserlich. Nein, es ist wirklich Garnichts digital. Der alte Herr hat selbst die Abrechnung per Hand schreiben lassen.“

„Dann hast du zumindest etwas zu tun, du hast dich doch vor kurzem noch beschwert, dass du nach deinem Augustin dringend eine Ablenkung benötigst."

„Daniel, Augustin war mein Hamster, er ist verstorben. Natürlich habe ich mich nach etwas Ablenkung gesehnt, jedoch nicht nach einer neuen Lebensaufgabe. Diese hätte ich auch im Tierheim gefunden."

„Siehst du, hier bekommst du das All-in-One-Paket. Und das völlig überraschend."

„Im Ernst etwas ist passiert auf diesem Flug?", fragt sie und lässt ihren Blick suchend über mein Gesicht gleiten.

„Wir sollten los, ich habe eine Begrüßungsrunde einberufen."

Damit weiche ich ihr gekonnt aus und strebe die Tür an. Sie kommt mir hinterher und bleibt stehen. Ihr Smartphone vibriert und sie deutet mir während dem Drangehen an, dass sie gleich da ist.

Ich gehe das kurze Stück durch den Flughafen auf dessen Terrasse und sehe interessiert auf die Versammlung an Menschen. Meine Augen suchen automatisch nach ihr.

Kapitel 5

LOUISA

Im Herzen eines Menschen wohnt der Anfang und das Ende jeder Geschichte.

Ich habe es tatsächlich geschafft, ein paar Stunden zu schlafen. Sowie ich jedoch aufwache, ist der Schrecken direkt wieder greifbar. Präsent und nur allzu direkt in meinen Gedanken. Ich schaue auf mein Smartphone und sehe mehrere Anrufe von Karin. Sie müsste mittlerweile ebenfalls wieder hier gelandet sein. Wenn mich nicht alles täuscht, hatte sie den Frühflug zurück. Die meiste Zeit verbringen wir nicht länger als 12 Stunden außerhalb der Heimat, bis wir mit der nächsten Schichte zurückfliegen. Ich schaue mich kurz um und schäle mich aus dem Bett. Mit leicht wackligen Beinen schwanke ich ins Badezimmer, werfe einen Blick in die Dusche, die mir gestern Abend viel verlockender vorgekommen ist.

Für den Moment wird es bei einer Katzenwäsche bleiben. Ich richte meine Haare und creme mich schnell ein, dann suche ich mir meine Kleidung zurecht und schlüpfe hinein.

Mit einer bequemen Jeans und der Arbeitsbluse sowie dem kleinen Halstuch und meinen Lieblings-Turnschuhen fühle ich mich für alles gewappnet. Kurze Zeit darauf steige ich aus dem Taxi. Unsicher, wohin meine Reise mich nach dem Gespräch führen wird. Bis jetzt wusste keiner etwas Genaueres, nur dass die Airline unerwartet verkauft wurde.

Ich fühle mich unruhig. Mit viel Glück haben sie den Vorfall nicht weitergegeben und der neue Besitzer hat keine Ahnung. Mit Pech ist es bereits in der Akte und ich muss mich auf die Suche nach einem neuen Arbeitgeber machen.

„Lou“, erklingt Karins Stimme hinter mir.

Ich drehe mich herum und sehe sie, ebenfalls mit ihrem Koffer bewaffnet, auf mich zu eilen. Normal haben wir heute Abend gemeinsam den Nachtflug und kommen erst übermorgen zurück.

„Was ein Glück, dass wir heute wieder zusammen fliegen. Der Dienst war die Hölle“, keucht sie, als sie bei mir ankommt. Ich blicke sie kurz abwartend an, doch es kommt nichts. Keine Frage, keine Meinung. Das bedeutet, sie weiß es nicht. Es besteht also tatsächlich Hoffnung, dass es sich nicht herumgesprochen hat.

„Das glaube ich dir, unser Flug war auch mit Turbulenzen durchzogen.“

„Ich habe gehört, der neue Boss soll ein wahres Sahnehäubchen sein.“

„Woher weißt du das?“

„Schätzchen, ich habe meine Ohren überall“, scherzt sie und zwinkert mir zu.

Wir betreten zusammen das Innere des Flughafens. Ein paar Blicke richten sich auf uns und auch wenn ich es sonst voller Stolz genieße bewunderte Blicke zu ernten, so würde ich heute lieber untertauchen.

„Wo genau treffen sich denn alle?“, frage ich und weiche einem der riesigen Kofferzüge aus, die das Gepäck transportieren.

„Auf der Ost-Terrasse."

„Na dann auf ins Verderben."

„Ach komm, Lou, so negativ eingestellt kenne ich dich gar nicht." Karin lacht und harkt sich unter.

Nein, sie hat recht, normal bin ich nicht so negativ eingestellt. Normal verläuft mein Leben aber auch nicht so aus dem Ruder. Ich versuche mich zu sammeln und nicht so gehen zu lassen. Das gelingt mir ebenso lange, bis sich die Tür zur Terrasse erneut öffnet und ein mir nur allzu bekanntes Gesicht erscheint.

„Ach, das ist er, habe ich es nicht gesagt?", fragt Karin neben mir.

Ich bin unfähig zu nicken, unfähig zu atmen oder sonst eine Regung von mir zu geben. Dank seiner Wirkung auf alle umherstehenden, fällt es keinem auf. Sein Blick schweift über die Menge, als würde er etwas suchen und ich merke, wie mein Körper sich automatisch kleiner macht. Dann richtet er sich zu seiner vollen Größe auf und seine Stimme lässt jegliches Flüstern oder Raunen im Keim ersticken. Eine gespenstische Stille legt sich über die gesamte Crew. Mein Herzschlag ist so laut in meinen Ohren zu hören, dass ich ihn fast nicht verstehe.

„Ich freue mich, alle hier begrüßen zu dürfen. Es gab kleinere Änderungen wie schon so manch einer mitbekommen hat, eine davon bin wohl ich. Ihr neuer Boss. Machen Sie sich jedoch keine Sorgen, es wird nicht viel geschehen. Eine einzige Änderung im Regelwerk gibt es jedoch."

Seine Augen schweifen direkt in meine Richtung. Sein Blick bohrt sich in meinen.

„Keine Techtelmechtel unter Angestellten oder innerhalb der Firmen-Hierarchie."

Ich spüre, wie mich ein Eimer Eiswasser übergießt und meinen Körper erneut in einen Zustand des inneren Erfrierens versetzt. Ein Zittern geht durch mich hindurch, doch ich halte mich standhaft auf den Beinen. Karin neben mir seufzt.

„Schade, ich hätte ihn nicht von der Bettkante gestoßen. Ist bestimmt, weil sich das ehemalige Juniorchef überall durchgevögelt hat“, schimpft sie und spielt damit auf den Schwiegersohn des alten Chefs an.

Ich schlucke den Kloß in meinem Hals herab, mir sehr sicher, dass es nicht an ihm liegt.

Die Hoffnung, meinen Job behalten zu können, sinkt ins Nirgendwo. Hinter ihm öffnet sich die Tür erneut und eine wunderschöne Frau kommt heraus. Sie ist in einen teuer aussehenden Anzug gekleidet und ihre Absätze sind mörderisch hoch. Dennoch scheint es, als würde sie ohne Probleme über jeden Untergrund schreiten können. Das Klacken ihrer Absätze lenkt auch seinen Blick zu ihr herüber. Er strebt auf sie zu und beugt sich herab. Sie flüstern miteinander eher er nickt und sie zu uns führt.

Pure Galle steigt meine Kehle herauf. Dieser Mistkerl hat …

„Das ist meine Schwester Eleonora Delous. Sie wird sich um die Buchhaltung kümmern und die Abläufe hier etwas vereinfachen. Was immer an Fragen aufkommt, kann über sie geklärt werden.“

Dieser Mistkerl hat … Eine Schwester … Wirbelt es erneut durch meine Gedanken, die durch seine Ansprache unterbrochen wurden. Denn bis dato war ich mir verdammt sicher, dass es sich dabei um seine Frau, Freundin oder sonstiges handelt.

Sie nickt und stellt sich selbst vor, ich lausche ihrer Stimme und versuche ihre Worte wahrzunehmen, aber ich kann nicht. Denn der neue Boss hat es sich anscheinend zur Aufgabe gemacht, mich zu quälen. Sein Blick schweift erneut umher und endet direkt in meinem. Mit langsamen, fast raubtierhaften Schritten schiebt er sich durch die Menge, die in diesem Moment zu applaudieren beginnt. Die erste strömen Richtung Theke hinter uns, um sich das versprochene Gratis-Buffet schmecken zu lassen.

„Oh mein Gott, er kommt direkt auf uns zu", raunt sie und kneift mich dabei leicht in den Oberarm, um mich aus meiner Starre zu befreien. Ich sollte ihr dankbar sein, doch die Warnung kam viel zu spät, er hat uns längst erreicht.

„Die Damen", begrüßt er uns und beugt leicht sein Haupt. Eine Wolke seines Aftershaves folgt der Bewegung und lässt mich tief einatmen. Auch Karin neben mir scheint regelrecht gefesselt zu sein.

„Ich hoffe, die kleine Ansprache hat ihnen gefallen und sie werden noch lange Freude am und im Unternehmen haben.

Ich müsste ihnen kurz ihre Kollegin entführen", erklärt er an Karin gewandt und zwinkert ihr verschmitzt zu. Allein mit dieser Geste hat er Narren-Freiheit bei ihr. Ihre Augen strahlen mit ihrem Lächeln um die Wette.

„Aber sicher, gebe mir deinen Koffer Lou, ich nehme ihn schon einmal mit zum Buffet."

„Es dauert nicht lange", versichere ich ihr, froh, endlich meine Stimme wieder gefunden zu haben.

Er hingegen scheint über meine Ansage weniger erfreut zu sein, denn sein Gesicht verkrampft sich regelrecht. Seine Finger schweben zu meinem unteren Rücken und er führt mich aus der Masse heraus. Ich fühle, wie die leichte Berührung ausreicht, um eine Gänsehaut über meinen Rücken zu senden.

„Louisa“, raunt er und sieht zu mir herunter.

„Mr. Delous“, antworte ich.

Sein Kiefer malmt und ich frage mich, ob er sich genauso befangen fühlt wie ich. Wahrscheinlich nicht, er scheint mir nicht die Sorte Mensch zu sein. Was die Frage in mir hervorruft, was für ein Mensch Daniel Delous ist.

„Ich denke, das kleine Zwischenspiel im Flieger hätte nicht so unschön enden sollen“, erklärt er mit gesenkter Stimme.

„Es hätte gar nicht erst passieren sollen.“

Seine Augenbrauen ziehen sich zusammen, in seinen Iriden blitzt es wie in einem heftigen Gewittersturm auf. Ich bin davon gefesselt und versuche mich so schnell wie es geht zu lösen. Es bringt nichts das Unvermeidliche hinaus zu zögern.

„Ich danke dafür, dass sie es nicht vor der gesamten Mannschaft getan haben. Nun denn, es wird wohl Zeit, dass wir es beenden. Ich habe meine Sachen bereits gepackt und …“, erkläre ich und seine Stimme unterbricht mich.

„Du wirst nirgendwo hingehen. Ich habe dir gesagt, dass ich mich um deinen Job kümmere.“

Eisige Kälte kriecht meine Wirbelsäule herauf und mich beschleicht ein ungutes Gefühl.

„Wusstest du da schon, dass du mein Boss sein wirst?“

Er schaut mich überrascht an und schüttelt nach kurzer Zeit den Kopf, doch irgendwas sagt mir, dass er mit sich gerungen hat etwas ganz anderes zu antworten. Kann ich ihm vertrauen? Nein die richtige Frage lautet, kann ich unter ihm arbeiten, denn das scheint viel wichtiger zu sein.

„Ich denke nicht, dass es eine gute Idee ist zusammen in einer Firma zu arbeiten, nachdem was geschehen ist.“

„Das, was geschehen ist, zählt nicht mehr. Es wird nie wieder vorkommen“, knurrt er und ich blicke interessiert in sein Gesicht.

„Deswegen die Regeländern“, raune ich und weiß nicht einmal, was genau ich davon halten soll. Bedeutet es, dass es ihm doch schwerer fällt, als er zugeben will und er deswegen diese Regel eingeführt hat? Oder will er einfach nur Stress und Streitigkeiten vermeiden und es liegt doch an der zu locker geführten Art des alten Chefs?

„Das ist eine Sache, die Mitarbeiter nicht zu interessieren hat. Ich werde mein Möglichstes tun, um keine großen Änderungen hereinzubringen.“

„Also habe ich meinen Job noch?“

„Sehe ich aus, als wenn ich scherze oder habe ich mich undeutlich ausgedrückt?“

„Eher Zweites denke ich“, gestehe ich und er stößt ein trockenes Lachen aus.

„Es ist eine wahre Schande, Louisa, dich nicht noch einmal haben zu können. Du bist erfrischend. Aber es ist besser so. Du wirst deinen Job haben, denn ich werde nicht dulden, dass du unter jemand anderem arbeitest.“

Und da ist es wieder, das Problem. Denn seine Worte sollten mir nicht schmeicheln, sie sollten nicht machen, dass ich mich so fühle, wie ich es tue.

„Ich weiß nicht, ob es eine gute Idee ist.“

„Das sagtest du bereits. Aber vielleicht solltest du solche Entscheidungen eher der Chefetage überlassen.“

„Also dir?“

„Sieht so aus“, raunt er und deutet auf das Buffet hinter uns.

„Gehe und esse etwas, bevor dein nächster Flug ansteht und halte dich von den Gästen der ersten Klasse fern“, erklärt er und zwinkert mit verschwörerisch zu.

Ich merke, wie die Hitze in meine Wangen kriecht und stürme davon. Dabei pralle ich fast mit seiner Schwester zusammen, die mir einen interessierten Blick hinterherwirft.

Kapitel 6

DANIEL

Die Freiheit, seine Träume zu leben, erfordert mehr als nur reine Willenskraft.

„Daniel, ernsthaft?“

„Was?“

„Ich habe mit allem gerechnet, aber nicht damit, dass du es wegen einer Frau getan hast.“

Ich schaue sie an und rechne gedanklich meine Chancen auszuschweigen und zu hoffen, dass sie das Thema fallen lässt. Diese liegen bei null, ebenso wie die Wahrscheinlichkeit es abstreiten zu können.

„Sie ist anders, ich kann es nicht erklären.“

„Das hoffe ich, dass sie anders ist, denn es braucht einen triftigen Grund, ein komplettes Unternehmen mal ebenso aus Langeweile zu kaufen.“

„Es war keine Langeweile, sondern hatte triftige Gründe, das kann ich dir versprechen.“

„Ich hoffe nur diese Gründe lösen sich nicht plötzlich in Luft auf und du bereust es.“

„Wer kann schon eine Airline bereuen und hey, hast du nicht vorhin noch gesagt, wenn die Welt untergeht, haben wir das Rettungsflugschiff?“

„Du bist unverbesserlich.“

„Vielleicht, aber zumindest hat bis jetzt immer alles geklappt.“ Ich zwinkere ihr zu und spaziere los, um mich etwas mit meiner neuen Crew zu unterhalten. Es stellt sich heraus, dass die Meisten durchaus zufrieden sind und es keine Beanstandungen gibt. Mir fallen sporadisch zweideutige Blicke von ein paar Mitarbeiterinnen auf, die mich in meiner Entscheidung bestärken, keine Techtelmechtel zuzulassen.

Ich möchte nicht wissen, was hier hinter geschlossenen Türen abging und werde nicht so blauäugig sein zu denken, dass die Regeländerung ohne Weiteres einfach eingehalten wird.

Mit einem Kaffee in der einen Hand und einer der mit Schokolade überzogenen Brezeln in der anderen Hand, lehne ich mich an die Brüstung. Hinter uns geht das Start- und Landemanöver etlicher Flieger vonstatten. Ein atemberaubender Anblick, der mich schon immer fasziniert hat und nun bin ich wirklich stolzer Besitzer einer Flotte mit achtzehn Fliegern.

Ich schwelge zwischen Stolz und der Zurechtweisung meiner Schwester, denn in einem Punkt hat sie recht. Ich bin Geschäftsmann, Investor und ich weiß es besser als unüberlegte Entscheidungen aus dem Bauch heraus zu treffen. Diese war nicht einmal aus dem Bauch heraus getroffen, sondern eine Etage tiefer.

So etwas ist mir noch nie passiert und es ist allein ihre Schuld. Meine Augen suchen sie in der Menge und finden sie direkt. Es ist, als wäre ich mit ihr verbunden. Wie eine magnetische Anziehungskraft. Einzig der Umstand, dass sie ebenfalls zu mir herübersieht und ertappt wegblickt, lässt mich mit Zufriedenheit meinen Kaffee trinken. Sie spürt es also auch.

„Ich habe keine Ahnung, was, das mit uns ist, mein kleiner Schmetterling, aber ich werde es unterbinden, bevor es uns beide zu sehr einnimmt. Du bist sicher unter meiner Führung, solange du nach meinen Regeln lebst“, raune ich leise und werfe den leeren Becher in den Müll.

Zeit sich an die Arbeit zu machen und nicht länger Trübsal zu blasen oder an verbotene Früchte zu denken. Egal, wie süß und fruchtig sie waren. Dabei habe ich sie nicht einmal vollständig ausgekostet. Etwas, das ich zu gerne getan hätte. Ihre leisen Seufzer sind immer noch in meinen Ohren. Ebenso wie das sanfte Zucken ihrer Muskeln immer noch um meinen Schwanz zu fühlen ist.

„Daniel?“

Ich zucke ertappt zusammen und sehe zu meiner Schwester herüber.

„Was?“

„Gehst du schon?“

„Ja ich denke die kommen hier gut klar, so kann ich zumindest nochmal einen Blick in die Bücher werfen.“

„Die werden sich nicht verändert haben, seit du vorhin reingeschaut hast. Warum schaust du also nicht, dass du dich etwas amüsierst. Immerhin hast du heute ein komplettes Unternehmen erworben.“

Die letzten Worte lässt sie mit einem leichten Unterton heraus. Ich komme nicht Drumherum, zu grinsen.

„Ich mag deine zynische Ader, aber vielleicht solltest du sie mehr unter Kontrolle halten. Das schreckt sonst die meisten Verehrer ab.“

„Oh, hast du es bis jetzt nicht gehört?“

„Was?“

„Es gibt eine Regeländerung im neuen Unternehmen. Keine Techtelmechtel und so.“ Sie streckt mir die Zunge heraus und wendet sich ab. Manchmal frage ich mich, wie ich es die letzten zehn Jahre mit ihr ausgehalten habe. Dann wird mir erneut bewusst, wie sehr sie mir fehlen würde, wenn ihre nervende Art nicht um mich herum wäre.

Aber mit einem hat sie recht, ich sollte wohl heute einfach den Tag genießen und mich etwas gehen lassen. Zumal der Flug mir immer noch in den Knochen steckt, denn die eingeplante Ruhepause hat nicht stattgefunden. Ich will damit nicht sagen, dass die körperliche Betätigung in dieser nicht erfüllend oder entspannend war.

Aber sie brachte eben nicht den gleichen Effekt wie Schlaf mit sich. Ich verlasse die Terrasse mit einem letzten Blick auf die Gruppe und fühle mich gut bei ihrem Anblick. Die Ruhe und der Zusammenhalt sind etwas, das dieses Team auszeichnet. Es unterscheidet sich durch den Service und das Preisleistungsverhältnis von den anderen, aber überzeugen tut es, durch die angenehme Atmosphäre während des Fluges.

Das ist etwas, dass nicht gekauft werden kann. Es muss von innen herauskommen. Ich habe Glück, dass es hier der Fall ist. Auch, wenn mir manche Verbundenheit nicht gefällt. Unter anderem die von Louisa und diesem Kerl. Wie war noch mal sein Name? Ich habe ihn in der Akte gefunden, gleich neben seinem lächelnden Bild.

Lionel, genau hier ist er. Ich versuche nicht das Arbeitsblatt zu zerknüllen und nehme mir fest vor, ihn genau im Auge zu behalten. Natürlich nur, damit die Regelungen eingehalten werden. Als hätte er meine Gedanken gespürt, sehe ich wie er sich zusammen mit Louisa, Karin und zwei Piloten durch die Korridore des Terminals schiebt.

Er verschwindet in einen Seitenflur und taucht kurz darauf erneut auf um ihnen nach zu eilen. Die Crew hat noch etwas Zeit bevor der Flieger abhebt und ich beschließe nachzuschauen wie die Abläufe sind. Natürlich nur damit ich selbst einen Überblick habe.

Ich ordne die ganzen Akten zurück auf ihre Plätze. Dann gehe ich so. Ich finde den Weg zu den Fliegern und betrete das Ladungsgate. Essenwagen und Getränkekisten werden hineingebracht. Packungen mit Servietten und weiteren Serviceartikeln folgen. Ich gehe an den Arbeitern vorbei und nicke ihnen grüßend zu.

Im Flieger herrscht ebenfalls beschäftigtes Treiben. Sobald ich jedoch an den Toiletten vorbei gehe bleibe ich stockend stehen. Flüsternde Stimmen und das Rascheln von Kleidung sind zu vernehmen. Mein Blick fixiert die Tür, ich spüre wie Wut durch meine Adern rauscht. So schnell wird hier also missachtet was ich angeordnet habe? Die Wahrheit ist, dass ich den Gedanken nicht ertrage, dass sie mit ihm dort drinnen ist.

Das Erneute nach außen dringendem Gekicher ist zu viel. Meine Faust hebt sich, um gegen die Tür zu pochen und schlägt fester als gedacht gegen das Plastik.

Es wackelt an allen Ecken und Kanten, ein entsetzter Schrei dringt heraus und lockt weitere Mitarbeiter auf die Bildfläche, die wohl bis eben noch in der Bordküche waren. Darunter auch das wundervolle Gesicht, welches ich hinter dieser Tür erwartet habe.

Lionel schaut verunsichert hervor und hinter ihm kommt eine kleine Blondine zum Vorschein, die der Uniform nach nicht zu unserem Team gehört.

„Boss“, raunt er und wechselt die Gesichtsfarbe.

Ich starre von ihm zu Louisa und wieder zurück. Blicke in das Gesicht der ziemlich beschämten Dame, die sich nun an ihm vorbeischiebt und entschuldigend die Flucht ergreift.

„Suchst du etwas, Boss?“, erklingt Louisas Stimme und ich muss an mich halten, um nichts Falsches zu sagen. Mies gelaunt durch meine eigene Unfähigkeit mich unter Kontrolle zu haben, stürme ich ebenfalls aus dem

Flieger und lasse sie zurück. Was ist in mich gefahren? Es war nicht die Tatsache eines Regelbruchs, es war die Vorstellung, dass es Louisa ist, die sich mit ihm vergnügt.

Es hat sich wie ein roter Schleier über jeden meiner Gedanken gelegt. Mich fast wahnsinnig werden lassen. Die Regeln allein werden uns nicht schützen. Ich muss mir etwas anderes einfallen lassen.

Eine Barriere errichten, die unüberwindbar wird. Vor allem für mich selbst.

„Da bist du, ich hatte mich schon gewundert …“, sagt Eleonora und schließt sich mir auf meinem Weg aus dem Flughafengebäude hinaus.

„Ich werde nach Vegas fliegen.“

„Willst du sie an einem der Schalter heiraten?“, fragt sie mit panischer Stimme.

Ich sehe sie ebenso geschockt an wie sie mich.

„Erwecke ich schon den Eindruck als könne mir eine Frau so den Kopf verdrehen?“

„Ich weiß es nicht, du wirkst durcheinander“, wirft sie ein und ich schüttle den Kopf.

„Keine Sorge, ich fühle mich ganz wundervoll.“

Sie blickt mich noch ein paar Sekunden zweifelnd an und folgt mir dann stillschweigend zum Auto.

Auf dem Weg durch die Stadt fällt mir erneut auf, wie schrecklich viel Verkehr sich täglich durch New York schiebt. Natürlich gehöre ich zu einem von Ihnen, die lieber das Auto wie ein Uber oder die Bahn nehmen. Nicht, dass der Schienenverkehr nicht ausreichend ausgebaut wäre. Es ist eher einfach alles überfüllt. Ich brauche nach getaner Arbeit einen freien Kopf und den bekomme ich nicht, wenn ich mich mit tausend anderen in eine überhitzte Bahn quetsche. Mein Bugatti hingegen lässt allein durch die sanfte Vibration des Motors meine Nervenzellen abkühlen und zur Ruhe kommen.

Sobald wir endlich aus dem inneren Stadtring herauskommen, habe ich freie Bahn. Ich trete das Gaspedal durch und fühle, wie mich die PS in den Sitz drücken.

„Ist wirklich alles okay?“, fragt Eli vom Beifahrersitz.

„Mehr als okay“, knurre ich.

„Ich weiß nicht, ich mache mir Sorgen um dich, weißt du, was unsere Eltern sagen werden?“

„Keine Ahnung, sag du es mir. Ihr habt doch bestimmt schon telefoniert“, murre ich und spanne meine Finger fester um das Lenkrad.

Die Straße macht eine Kurve und ich lenke uns galant hindurch, beschleunige am Schneidepunkt dieser und erfreue mich an der Kraft des Wagens.

„Du bist wütend“, raunt sie erstaunt, als wäre es ein Wunder bei all dem Mist der letzten Stunden.

„Ja, Eli, ich bin wütend. Ich habe mich untypisch verhalten und vor allem dumm und kann froh sein, dass das Unternehmen keine Niete ist. Etwas, das einem Unternehmer im Investmentsektor normalerweise nicht passiert. Ich habe mich heute sehr dumm und vor allem absolut unpassend verhalten und das alles wegen einer Frau.“

„Du bist verliebt. Dich hat es eiskalt erwischt.“

„Laber keinen Mist!“

„Ich erkenne es, wenn ich es sehe.“

„Weil du ja auch so viel Erfahrung damit hast?“ Meine Worte sind gemein und verletzend und ich weiß das. In diesem Moment ist mir jedoch egal und ich schäme mich kein bisschen dafür.

Eli ist nicht wirkliche die Expertin für Beziehungen. Die drei Stück, die sie hatte, hat sie gekonnt gegen die Wand gefahren.

„Wir sind am Samstag bei unseren Eltern eingeladen, sie wollen uns irgendwas sagen“, sie klingt besorgt und ich werfe ihr einen prüfenden Seitenblick zu, um zu sehen, ob sie mehr weiß, als sie zugibt.

„Du meinst, sie wollen uns etwas sagen, dass du bisher nicht vorher weißt? Was ist los Eli bist du krank? Wo sind deine geheimen Fähigkeiten hin?“

Sie schmunzelt kurz und zuckt dann mit den Schultern. „Nein, ich weiß es wirklich nicht.“

„Hast du eine Ahnung?“, fragt sie mich.

Ich schaue sie überrascht an. „Ich?“

„Ja du, Daniel.“

„Nein, warum sollte ich eine Ahnung haben?“

„Es schien, als ginge es um Dad und wir wissen beide, dass er dein Part ist.“

Ich schnaufe. „Der alte Herr kann ein harter Knochen sein und die letzten Treffen hat er sich nichts anmerken lassen, sollte ihn also etwas belasten weiß ich es nicht.“

„Dann hoffen wir das Beste. Kannst du mich im Penthouse absetzen?“

„Wirklich? Du willst in das riesige, kalte Ding?“

„Wer sagt, dass ich mir nicht etwas zum Wärmen bestelle?“

„Oh Gott, ich hoffe, du meinst Indisches Essen oder Ähnliches. Alles andere will ich nicht wissen.“

„Hey, nur, weil du dir deinen Spaß während der Arbeitszeit geholt hast, heißt das nicht, dass automatisch alle von uns befriedigt sind.“

„Wie kommst du denn auf das schmale Brett?“

Sie lacht und schüttelt den Kopf.

„Ich habe sie gesehen und ich habe ihre Blicke gesehen. Sehnsuchtsvolles Schmachten bekommt einen neuen Namen, Daniel.“

„Ach Quatsch“, blocke ich ab und doch hoffe ich, dass an ihren Worten etwas dran ist und Louisa im selben Gefühlschaos, wie ich gefangen ist.

Nachdem ich Eleonora abgesetzt habe, fahre ich in mein kleines Studioapartment und genieße die Behaglichkeit, die es ausstrahlt. Das ist genau, was ich nach so einem Tag benötige.

Kapitel 7

LOUISA

Mit Liebe lässt sich so manche kaputte Stelle im Herzen reparieren.

Ich sitze auf dem kleinen Balkon des Hotels und schaue auf die Stadt herunter. Irgendwann lernt man, sich überall zu Hause zu fühlen. Aber so richtig zur Ruhe kommt man nicht. Es fehlt einfach die sichere Höhle, der Rückzugsort. Das vertraute Heim.

Ich habe aufgegeben, mir ein solches zu bauen und lebe die meiste Zeit im Flieger oder den Hotels, die zum Auftrag gehören. Im Urlaub nutze ich ebenfalls nur Hotels. Das Einzige, was ich dabei vermisse, ist der, Umstand er gleichzeitig auf Vorteil ist, man sammelt nichts an. Alles, was ich besitze, ist digital auf Datenträgern.

Manchmal stelle ich mir vor, wie es wäre, mit einem dieser Fotoalben auf der Couch zu sitzen und durch vergangene Tage zu blättern.

Dann wird mir bewusst, dass ich es wahrscheinlich genau einmal im Jahr tun würde. Die restliche Zeit würde es verstauben und ungenutzt herumliegen. Da genügt es auch durch die Bildergalerie zu scrollen. Es ist natürlich auch nicht so, als hätte ich jemanden, dem ich sie zeigen könnte.

Ich betrachte den Cocktail in meiner Hand, drehe ihn in die untergehende Sonne und lasse das Licht hindurchscheinen. Seit wann plagen mich diese Gedanken der Einsamkeit? Ich befürchte seit dem Ausrutscher mit dem neuen Boss. Oder liegt es an dem Treffen mit Olivia? Sie ist eine von uns, Stewardess mit Herz und Seele und kam heute vor Abflug mit ihrem kleinen Damian vorbei. Er ist zwei Wochen und ihr ganzer Stolz. Durch die neue Regelung und der Tatsache, dass sein Vater und somit ihr Lebensgefährte Pilot bei uns ist, wird sie nicht wieder arbeiten kommen. Sie wirkte so entspannt, so glücklich. Ich versuche mich zu erinnern, wann ich zuletzt diesen Zustand gespürt habe.

Einsamkeit war nie ein Problem, bis heute. Davor habe ich enthaltsam gelebt und das einwandfrei. Hier mal ein kleiner Flirt oder auch mal etwas Festeres, aber nie eine wirkliche Beziehung.

Ich nehme einen großen Schluck des Cocktails und genieße das leichte Nachbrennen des Alkohols in meiner Kehle. Mein Magen füllt sich und eine angenehme Wärme breitet sich in mir aus. Alkohol ist keine Lösung, aber für heute heiße ich ihn willkommen.

Als das Glas leer ist, fühlt sich mein Kopf schon geordneter an. Oder zumindest ist mir das restliche Durcheinander darin egal. Unter mir am Hotelpool entdecke ich Karin mit einem der Hotelangestellten. Sie hat sich tatsächlich jemanden für die Nacht gesucht. Verrücktes Huhn, ich hoffe, dass sie mehr Glück mit dem kurzen Zwischenspiel hat, als ich. Zumindest kann sie nicht aufwachen und plötzlich ihrem Boss gegenüberstehen, denke ich zynisch und stelle das Glas ab. Dann erhebe ich mich und gehe hinein, eine kurze Dusche später entscheide ich mich noch einen kleinen Trink an der Hotelbar einzunehmen, bevor ich schlafen gehe.

Dort angekommen, sitzt nur noch ein einziger Hotelgast dort. Ich bestelle mir ein Martini und rücke auf dem Barhocker herum, bis ich eine bequeme Position gefunden habe.

Ein Schatten verdunkelt die sanfte Beleuchtung der Theke, ehe der Gast sich neben mich setzt. Ich sehe zu ihm herüber und mustere ihn. Mit Erschrecken stelle ich fest, dass ich ihn gedanklich mit Daniel Delous vergleiche. Etwas, das absolut nicht geht, ein Umstand, den ich unterbinden muss. In diesem Fall tut er es, als er den Mund öffnet.

„Schöner Abend", haucht er und hört sich so feminin dabei an, dass er keine Ähnlichkeit mehr mit meinem dominanten Boss mit der dunklen Befehlsstimme aufweisen kann. Dankbar sinke ich etwas in mich zusammen.

„Ebenso", erwidere ich und versuche neutral zu klingen und nicht die Erleichterung einfließen zu lassen, die er falsch deuten könnte.

„Was macht eine solche junge Dame ganz allein hier?"

„Ich trinke ein Martini und gehe ins Bett."

„So ganz allein?", fragt er erneut nach.

„Ich fühle mich in meiner jetzigen Situation sehr wohl", erkläre ich freundlich im Versuch, ihn damit für weitere Fragen zu stoppen.

Einer seiner Mundwinkel hebt sich und er setzt soeben erneut dazu, an, etwas zu sagen, als eine weitere Stimme erklingt und ihn innehalten lässt.

„Hör mal Mann, die Dame hat nein gesagt! Zwar auf eine freundliche Art, aber, wenn du es nicht verstehen willst, werde ich es gerne für dich übersetzen."

Der Barkeeper funkelt ihn warnend an und schüttelt den Kopf, um ihm zu verdeutlichen, dass er an seiner Stelle das Angebot nicht annehmen würde. Der Typ ist schlau genug, die Warnung im Unterton war zunehmen und sich mit einem Schulterzucken zu verabschieden. Er spaziert zu einem der Fernsehplätze und lässt sich dort nieder. Ich schenke ihm einen letzten Blick und widme mich dann dem Barkeeper.

„Danke."

„Nicht dafür, es nervt, wenn Männer denken sich einer Frau gegenüber alles rausnehmen zu können, einzig weil sie keinen Typ neben sich hat der sein Territorium beansprucht."

„Diese Ansicht teilen in der Tat nicht viele Menschen", bestätige ich. „Wie kommt es also dazu?"

Er erscheint mir ungefährlich genug. Immerhin hat er soeben Mr. Widerling verscheucht. Mit einem Grinsen beginnt er die Gläser zu polieren und einzuräumen.

„Ich habe fünf Schwestern. Jede von ihnen ist hübsch und in einem Alter in dem sie durchaus ausgehen. Nicht zu selten höre ich ihre Geschichten oder erlebe sie selbst mit.“

„Das ist wirklich mies. Also was schlägst du vor? Sollten alle Frauen nur noch in Begleitung raus?“ Ich merke wie der Martini meinen Körper leicht wie eine Feder werden lässt und ich mich in die Unbeschwertheit des angetrunkenen Zustandes begebe.

„Aber nicht doch, es sind die Männer. Sie müssen einfach ein paar Manieren lernen, wenn sie jede Frau wie ihre Tochter behandeln würden wäre schon viel geholfen.“

„Ich möchte mich ja nicht zu weit aus dem Fenster lehnen und hier scheint es auch eine gute Idee, aber ich komme aus New York wo das durchaus keine Garantie für einen guten Umgang liefern würde.“

„Touché“, raunt er und nimmt das nächste Glas zur Hand.

Wir unterhalten uns eine ganze Weile und ich habe keine Ahnung wie spät es ist als er sich zu mir wendet und mich darauf hinweist, dass es nun Zeit zum Schließen ist.

„Ach herrje“, hauche ich und gleite beschwingt vom Barhocker. So schwungvoll das meine Knie das plötzliche Gewicht, gepaart mit den Schwierigkeiten meines Körpers, die abrupte Bewegung zu verarbeiten, nicht meistern kann. Kichernd gehe ich ein Stück in die Knie ehe ich mich an der Theke heraufziehe.

„Welches Zimmer?“, fragt er und schüttelt lachend den Kopf.

„Der letzte Mann hat es nicht einmal bis in mein Zimmer geschafft“, entschlüpft es meinen Lippen ehe ich meinen angetrunkenen Sinn für Humor daran hindern kann. Er lacht erneut auf und kommt herum, dann harkt er sich bei mir ein und sieht auf mein Armband.

„Komm’ ich bringe dich hin, bevor du noch auf dem Weg verloren gehst. Das wäre gegen den großen Bruder Kodex.“

„Wenn du den immer anwendest, wirst du irgendwann genauso allein enden wie ich“, raune ich plötzlich von der großartigen Stimmung in ein tiefes Loch schwankend.

„Glaube mir, manchmal ist Einsamkeit besser als erkaufte Liebe“, wispert er hingegen und begleitet mich zu meinem Raum. An der Tür angekommen hilft er mir noch diese zu öffnen und stellt sicher, dass ich gut drinnen ankomme, ehe er sie hinter sich zu zieht und verschwindet. Ich schaue fast wehmütig auf das Türblatt und fühle mich unglücklich, dass er gegangen ist. Einsamkeit, wie schrecklich. Wie konnte mir das je gut vorkommen? Vielleicht, weil ich davor nie ein eigenes Zimmer hatte. Nie für mich entscheiden konnte. Immer die nette, freundliche und vor allem vernünftige Louisa war. Die Müdigkeit oder Trunkenheit gewinnt und ich falle bewusstlos ins Bett. Keine Ahnung, was der morgige Tag bringen wird, aber Kopfschmerzen dürften vorprogrammiert sein.

Kapitel 8

DANIEL

Die Gefühle haben eine mächtige Macht über unser Handeln und lassen uns oftmals Impulsiv werden.

Es ist Samstag und somit Tag er Offenbarung. Ich bin gespannt was unserem Vater auf der Seele brennt und habe es bis jetzt nicht geschafft ihm einen Hinweis oder Sonstiges zu entlocken.

„Bereit?“, fragt Eli und ich schiebe den Laptop von mir. Meine Augen brennen vom zu langen Arbeiten. Meine Finger schmerzen und fühlen sich verkrampft an.

Ich strecke mich und höre das Knacken in meinem Rücken und Nackenbereich mehr, als, dass ich fühle.

„Das hört sich nicht gut an.“

„So ist das, wenn man älter wird, also mach dich schon einmal darauf gefasst“, raune ich.

„Ich habe noch gute fünf Jahre, bis ich mir das antun muss.“ Eli schmunzelt und streckt sich ebenfalls, wobei es laut in ihrem Rücken knackt.

„Siehst du es beginnt“, rufe ich und stehe gut gelaunt auf. Sie folgt mir kopfschüttelnd und schließt die Tür des Büros hinter mir.

„Deine fröhliche Stimmung hätte ich gerne. Wir haben den ganzen Tag trockene Zahlen bearbeitet. Was daran ist erheiternd?“

„Das Wissen, nun Mutters Sauerbraten zu bekommen.“

„Warum stehst du nur so sehr darauf?“

„Hey, komm. Wer in ganz Nee York macht schon deutschen Sauerbraten?“

„Du solltest dir besser von Mama zeigen lassen, wie es geht. Sonst sitzt du eines Tages ohne da.“

„Da haben wir aber noch viele Jahre Zeit. Und außerdem macht den niemand so toll wie sie.“

„Dein Wort in Gottes Ohr.“

Wir begeben uns auf den Weg zu unseren Eltern und kommen pünktlich zum Essen an.

Beim Betreten des Hauses kommt uns direkt der köstliche Duft von deftiger Bratensoße und Apfelrotkraut entgegen. Gepaart mit dem Unterton von gebratenen Klößen. Wir spazieren immer noch gut gelaunt ins Esszimmer. Unsere Eltern sitzen der großen Baumstammplatte, die als Esstisch den Raum ziert und schauen zu uns. Auch, wenn beide ein Lächeln auf den Lippen haben, ist es doch zu erkennen, dass hier etwas nicht stimmt.

„Da seid ihr ja“, begrüßt uns unser Vater und erhebt sich. Er kommt auf uns zu und drückt zuerst Eleonora, dann mich.

„Ist alles okay?“, frage ich, als er mich umarmt und er bittet zum Tisch.

Wir setzen uns und ich blicke sehnsüchtig in die Küche, aus der dieser unwiderstehliche Geruch kommt.

„Steve, lass uns zuerst essen“, bittet meine Mutter und er nickt ihr zu, während er ihre Hand tätschelt. Ich erhebe mich, um ihm in die Küche zu folgen und beim Servieren zu helfen.

Die beiden Frauen bleiben am Tisch sitzen und Eli beugt sich vor, um Mutter irgendwas auf dem Smartphone zu zeigen. Ich höre ihr sanftes Lachen und Elis leise Stimme, die etwas antwortet. Doch meine Augen fokussieren meinen Vater. Er wirkt angespannt und verkrampft. Seine Bewegungen sind leicht stockend und nicht so flüssig wie sonst.

„Ich weiß, dass es mir bestimmt den Appetit verderben wird, aber du wirst mir sagen, was hier los ist. Ich werde nicht unvorbereitet mit einem Thema wie diesem am Tisch meiner Mutter gegenübersitzen."

„Einem Thema wie diesem? Interessant, du weißt doch gar nicht, worum es geht."

„Es ist erst genug, um einen Mann wie ein Uhrwerk aus dem Takt geraten zu lassen", knurre ich und befülle eine Servierschale mit dem Rotkraut.

„Deine Mutter hat Krebs, Daniel."

„Wie meinst du das? Welche Behandlung schlagen die Ärzte vor?"

„Es gibt keine Behandlung."

„Was?", ich wirble zu ihm herum.

Die Schale gleitet aus meinen Händen und landet mit einem lauten Knall auf der Arbeitsplatte. Die Gespräche im Esszimmer verstummen und kurz darauf erscheinen Eli und Mama im Türrahmen.

„Dann klären wir das wohl doch vor dem Essen", seufzt Mutter und wirkt erschöpft.

„Wieso gibt es keine Behandlung? Es ist genug Geld vorhanden, sie kann sich eine der neuen Studien einkaufen", schimpfe ich wütend und fühle mich hilflos, was alles noch verschlimmert.

Eli blickt fragend zwischen uns hin und her, ein panischer Ausdruck legt sich über ihre sonst so gelassene Miene.

„Behandlung wofür?", fragt sie.

„Sagt es ihr", gifte ich meinen Eltern entgegen.

„Wie lange wisst ihr das schon?", werfe ich hinterher, ohne zu warten, dass sie Eleonora einweihen.

„Was ist hier los? Wäre einer so freundlich?“, verlangt Eli erneut zu wissen.

„Ich habe Krebs, Liebes.“

„Nein.“ Sie schüttelt den Kopf und lacht, doch es ist nichts Fröhliches darin zu hören.

Pure Verzweiflung trieft aus jeder Pore unseres Seins, während wir unsere Eltern anstarren. Die Fassungslosigkeit wirkt betäubend. Alles scheint in den Hintergrund zu rücken. Nichts erscheint mehr wichtig.

Ich nehme die Schale erneut in die Hände und trage sie wie automatisiert zum Tisch. Warte auf die restlichen Familienmitglieder und setze mich. Mein Blick gleitet in jedes Gesicht. Was ist nur passiert? Wie konnte mir das entgehen? Warum haben sie nicht viel früher mit uns gesprochen.

„Die Therapie“, setze ich erneut an, doch meine Mutter schüttelt den Kopf.

„Habe ich abgebrochen.“

„Was?“, kommt es aus mir und Eli gleichzeitig hervor.

„Ich habe die letzten zwei Jahre gekämpft. Es ist nicht das erste Mal.“

„Wie meinst du das? Nicht das erste Mal? Willst du sagen, du hattest bereits …“.

„Ja Daniel. Ich hatte bereits Krebs, damals an den Eierstöcken. Diesmal hat es meine Speiseröhre erwischt. Ich habe gekämpft, aber die Chemo macht mich fertig. Ich kann nicht mehr.“

„Du willst nicht mehr“, stoße ich aus, immer noch fassungslos.

„Warum habt ihr nie ein Wort gesagt?“, möchte Eli wissen, in ihren Augen glitzern bereits die ersten Tränen.

„Ihr wart in dieser Zeit beide in der Blüte eurer Entwicklung …“, beginnt sie und schüttelt sich leicht, als würde die Erinnerung sie schmerzen. „Die Zeit vergeht viel zu schnell“, haucht sie und fährt sich mit der Hand an den Hals. Sie senkt ihre Finger und betrachtet uns mit einem liebevollen Blick.

„Es war alles verschwunden, ich war Symptom frei, die Ergebnisse perfekt. Aber dann, begann es erneut und diesmal bin ich nicht bereit für diesen Kampf.“

„Du kannst nicht aufgeben, du hast kein Recht dazu! Wir brauchen dich doch.“

„Daniel!“, bellt mein Vater, aber ich funkle ihn zornig an.

„Du hast es gewusst und nichts gesagt.“

„Ich habe ihn gebeten, nichts zu sagen. Es war meine Entscheidung, Daniel. Es tut mir leid, euch beide so lange im Unklaren gelassen zu haben.“

„Was hast du nun vor?“, fragt Eli mit so leiser Stimme, dass sie fast untergeht, in dem wütenden Schnaufen meiner angestrengten Atmung.

„Ich werde meine letzten Tage genießen.“

„Wie lange?“, fragt meine Schwester, die Worte, die mir in der Kehle stecken bleiben.

„Vielleicht ein Jahr, vielleicht auch zwei.“

„Das ist zu wenig. Wie konntest du nur zulassen, dass sie aufgibt?“, verlange ich von unserem Vater zu wissen.

„Daniel, das ist eine Entscheidung, die nur deine Mutter …“, erklärt er und ich stoße mich wütend vom Tisch ab.

„Ein Scheiß ist es. Was ist aus eurem Wir-sind-eine-Familie-und-tun-alles-zusammen-Mist geworden?“

Er funkelt mich wütend an, hält meinem Blick stand. Mutter räuspert sich, während Eli immer noch sichtlich gegen ihre Tränen ankämpft.

Dieser ganze Abend läuft aus dem Ruder, ich merke, wie die Wut einen neuen Höhepunkt in mir erreicht. Ich bin fassungslos und zornig. Spüre, wie das Fass sich zum Überlaufen füllt.

„Ich kann das alles nicht glauben“, werfe ich ein, denn genau, dass es ist. Ich hätte nie gedacht, dass ich mich einmal so hintergangen fühle von ihnen.

„Daniel, bitte setz dich“, bittet unsere Mutter und ich schaue sie an. Betrachte sie ganz genau. Nimm jede Veränderung, jede neue Falte in ihrem wunderschönen Gesicht wahr. Eli hat die gleichen Gesichtszüge und der Typ, der sie mal abbekommt, kann sich glücklich schätzen. Die Frauen dieser Familie sind nicht nur äußerlich, sondern mit dem Herzen schön.

„Es tut mir leid, ich benötige frische Luft“, zische ich und löse mich aus meiner Starre. Mit schnellen Schritten gehe ich zur Terrasse und öffne die Glastür, trete hinaus und starre in den sich verdunkelten Himmel. Ich merke, wie mein Herzschlag dumpf durch meinen Körper hallt. Egal, wie sehr ich mich darauf konzentrieren möchte ihn zu verlangsamen und wieder normal atmen zu können, es funktioniert nicht.

Der Gedanke, sie verlieren zu können, raubt mir den Verstand. Natürlich ist mir bewusst, dass Menschen sterben. Ebenso die Tatsache, dass es Krankheiten gibt, die einfach nicht immer zu besiegen sind. Aber wir reden hier von meiner Mutter. Es ist etwas verdammt Anderes, wenn man plötzlich selbst betroffen ist.

Hinter mir öffnet sich erneut die Tür, ein Blick über die Schulter zeigt mir, dass es meine Mutter ist. Sie hat sich eines ihrer seidigen Dreiecktücher um die Schultern gelegt und kommt heraus.

„Es ist zu kalt."

„Ich glaube nicht, dass eine Erkältung mich jetzt noch umbringen kann", erklärt sie und grinst.

„Wie kannst du darüber scherzen?"

Ich starre sie an. Wut, Enttäuschung, ich bin nicht sicher, was überwiegt.

„Daniel, ich habe damit nicht leichtfertig abgeschlossen."

„Aber du hast es getan."

Sie schüttelt den Kopf.

„Es ist einfacher als Außenstehender …", beginnt sie und ich will sie unterbrechen, doch sie schüttelt den Kopf. „Nein, lass mich ausreden. In diesem Moment, in dem es sich um meinen Körper und nicht deinen handelt, bist du der Außenstehende."

„Ich verstehe dich einfach nicht, wir sind eine Familie."

„Und als diese habe ich das Recht meine Entscheidungen zu treffen und kompletten Rückhalt von euch zu haben!", faucht sie und sieht mich stur an. Da ist sie, die stolze, unbiegsame Lady. Die ihre Meinung vertritt und nicht zur Seite weicht, komme, was wolle. Meine Mutter, die Frau, die mich erzogen und stark gemacht hat. Die Frau, die einer Krankheit den Sieg überlässt.

„Du hast bis jetzt nicht einmal Enkelkinder kennengelernt und willst sterben", spucke ich ihr entgegen, denn es ist der einzige Gedanke, der sich in diesem Moment in meinem Kopf formt. Ich hoffe, damit ihren Kampfgeist zu wecken. Sie schmunzelt kurzzeitig und schüttelt den Kopf, ein trauriger Ausdruck gleitet über ihr Antlitz. Lässt ihre sonst so vollen Lippen zu einem Strich werden. „Nein Daniel, das habe ich nicht und ich befürchte, ich werde es auch nicht. Wenn ich könnte, würde ich alles dafür tun. Es würde auch deinem Vater helfen, darüber hinwegzukommen."

„Du willst ihn mit einem Baby über deinen Tod hinwegtrösten? Wie soll das funktionieren? Nichts kann dich ersetzen!"

„Ich liebe dich auch, mein Sohn. Verzeihe mir, dass ich müde bin. Mit meinen Kräften am Ende. Ich will die letzte Zeit nicht im Streit verbringen."

„Dann kämpfe und bekomme mehr Zeit", fluche ich und stampfe wie ein Kleinkind auf.

„Das hast du schon gemacht, seit du drei Jahre alt warst", wirft sie ein und grinst.

Ich schüttle den Kopf. „Was soll ich denn ohne dich tun?"

Sie kommt auf mich zu und nimmt mich in ihre Arme und wie früher atme ich tief ihren Duft ein. Lasse mich von dem wärmenden Gefühl ihrer Umarmung einlullen und gebe mich, obwohl ich es nicht will, ein paar Tränen hin. In meinem Kopf formt sich eine Entscheidung.

Kapitel 9

LOUISA

Manchmal zwingt das Leben dich dazu, dich neu zu finden.

Ich liege der Untersuchungsliege in der Hausarztpraxis und hoffe mir nichts zu Schlimmes eingefangen zu haben. Es war alles okay, die letzten zwei Wochen waren traumhaft, der Auftrag führte in die Karibik und ich habe es dank Palmen und Meer sogar geschafft, in dieser Zeit nur abends allein in meinem Bett an ihn zu denken. Seit wir jedoch wieder hier gelandet sind, fühle ich mich schrecklich. Ständige Kopfschmerzen, Übelkeit, Sodbrennen und Verstopfung. Wahrscheinlich habe ich auf das Öl oder Sonstiges beim Buffet reagiert. Was auch immer es ist, ich hoffe, dass es schnell weg ist.

„Wir warten die Blutresultate ab und melden uns dann“, erklärt die Arzthelferin und ich nicke ihr zu, während ich mich wieder ankleide.

„In der Zwischenzeit, viel Trinken, ausruhen und versuchen sanftes Obst wie Backpflaumen zu naschen. Das regt die Verdauung zusätzlich an. Ebenso wie Samenmischungen.“

„Samenmischungen?“

„Leinsamen, Chiasamen, Flohsamen.“

„Im Joghurt?“

„Zum Beispiel, das könnte auch gleichzeitig gegen das Sodbrennen helfen."

„Vielen Dank."

„Immer wieder gerne, wir melden uns."

Mit einem immer noch mulmigen Druckgefühl im Magen gehe ich hinaus und laufe zu meiner Überraschung fast in Karin.

„Was machst du denn hier?", fragt sie überrascht.

„Seit dem letzten Flug spielt mein Körper verrückt."

Ihre Augenbrauen heben sich. „Meiner auch, vielleicht sollten wir im Büro Bescheid geben?"

„Anscheinend", murre ich, denn dort anzurufen bedeutet entweder, mit ihm oder seiner Schwester Kontakt aufzunehmen.

„Weißt du, was, ich gehe schnell rein. Warum treffen wir uns danach nicht auf einen Kaffee?"

„Wohl eher Joghurt mit Leinsamen", keuche ich, denn allein beim Gedanken an Kaffee, steigt mir erneut die Magensäure herauf.

„Alles klar, bist du mit dem Uber hier?"

„Nein, ich war zu Fuß. Aber ich kann im Park warten."

Der Vorteil dieser Arztpraxis ist ein kleiner Park direkt daneben, der im Sommer einige schöne Schattenplätze bereithält.

„Alles klar, bis gleich."

Sie eilt los und ich strebe die alte Holzbank unter dem riesigen Baum an. Leider habe ich keinen grünen Daumen, selbst mein Kaktus ist verdurstet. Ich schaue in den Himmel und gehe in Gedanken die nächsten Flüge durch. Es sind alles Kurzflüge, die am gleichen Tag zurück gehen.

Der Cityhopper, ein extra kleiner Flieger, ist dafür ausgelegt, wenige Passagiere dafür aber effektiv in näher gelegene Orte zu bringen.

Karin erscheint kurz darauf und so erhebe ich mich und gehe neben ihr her.

„Supermarkt und zu Hause essen oder in der Joghurtbar?"

„Joghurtbar, definitiv."

Sie lacht und harkt sich unter. „Wenigstens leiden wir gemeinsam."

Wenn sie wüsste wie sehr. Denn das gemeinsame Leiden bezieht sich nicht nur auf die körperlichen Beschwerden. Karin jammert immer noch dem Hotelangestellten, nach den sie nachts mit auf ihr Zimmer genommen hat. Es geht ihr genauso wie mir mit Mr Verbot. Aber das kann ich ihr nicht sagen, denn dann müsste ich zugeben, was genau geschehen ist.

„Hey, Sonnenschein, einen Penny für deine Gedanken."

„Entschuldige, ich war wirklich tief versunken, aber dafür geht der Joghurt auf mich."

„Du willst nur ablenken, aber das soll mir recht sein", erklärt Karin und kichert.

Zusammen betreten wir die Joghurtbar und finden einen Tisch in der hintersten Ecke. Das soll uns recht sein, hier ist alles mit Pflanzen geschmückt, die eine wundervolle Atmosphäre versprühen.

Ich liebe den Geruch und sobald unsere Bestellung eintrifft, steche ich meinen Löffel hinein und hebe ihn voller Vorfreude herauf. Er gleitet zwischen meine Lippen, ich schließe sie darum und warte auf die Geschmacks-Explosion auf meiner Zunge. Das muss man ihnen hier lassen, der Joghurt ist immer frisch, die Früchte ebenso und das Cookie-Topping einwandfrei.

Heute gibt es zusätzlich eine Schicht Chia-Wonder-Creme dazwischen, um auch auf den ärztlichen Rat zu hören.

„Hast du schon angerufen im Büro?"

Ich sehe auf und schüttle den Kopf.

„Dann mache ich es, ich muss zwangsläufig noch etwas klären. Die Praxis weiß Bescheid und wird sich beeilen mit den Ergebnissen."

„Perfekt", hauche ich und versuche die wahre Erleichterung zurückzuhalten.

Das bedeutet, ich habe bis zu den Befunden Schonfrist. Etwas, das mir mehr bedeutet als mir zuvor bewusst war. Der Gedanke, erneut Kontakt zu ihm zu haben, seine Stimme zu hören. Nein, das ist zu viel. Ich bin froh, ihn weitgehend aus meinen Gedanken verbannt zu haben.

„Sag mal, hast du mitbekommen, dass sie den Flughafen in Singapur renovieren wollen?"

„Echt? Nein, ist an mir vorbeigegangen. Ich würde mich freuen, wenn sie das gleiche Mal im Inlandsbereich für Istanbul machen."

„Du meinst mit einem Aufzug oder Rolltreppen?", fragt Karin und lacht.

„Wie kann man nur auf der oberen Etage für die Internationalen Flüge alles habe, aber unten so sparen?", schimpfe ich.

Es ist ein Graus, wann immer wir Flüge dort hinhaben. Selbst mit unserem leichten Gepäck ist es anstrengend.

Aber mehr als oft sehe ich Mütter mit Kinderwagen, Koffer und weiterem Kleinkind und der Treppe kämpfen.

„Warten wir es ab, wenn einer beginnt, ziehen die anderen meist nach“, wirft Karin ein und schiebt ihren leeren Becher von sich.

Ich löffle den Rest aus meinem eigenem und schiebe ihn zu ihrem. Dann reibe ich mir den imaginären Bauchansatz und stöhne auf, so wie sich der Joghurt in meinem Magen ausbreitet und als kühlende Schicht auf die gereizten Schleimhäute legt.

„Tut wirklich gut“, keuche ich und schließe für zwei Sekunden die Augen.

„Und wie. Am liebsten würde ich den ganzen Tag hier sitzen bleiben, aber leider muss ich noch entschieden zu viel erledigen.“

„Ich auch und das alles mit diesem schrecklichen Gefühl des Unwohlseins.“

„Hoffen wir, dass die Ergebnisse schnell da sind und wir baldige Hilfe erhalten.“

Ich grinse ihr mit einem schmerzverzerrten Gesicht zu und sie tut es mir gleich, was uns beide zu einem echten Lachen bringt.

„Ruf mich an, wenn du etwas weißt“, ruft Karin und winkt zum Abschied. Ich hebe ebenfalls die Hand und winke ihr hinterher. Dann wende ich mich ab und schaue durch die gut besuchten Straßen. Eigentlich habe ich keine Lust schon in die kleine Ferienwohnung zurückzukehren, die ich mir viel zu teuer angemietet habe. Vielleicht tut ein kleiner Spaziergang zuvor ganz gut. Mit genau diesem Vorhaben drehe ich mich herum und pralle direkt gegen eine feste Wand aus Muskeln.

„Louisa.“ Der tiefe Bariton der sich aus seiner Brust löst gleitet direkt in meinen Körper hinein und lässt mich erzittern.

„Daniel“, stoße ich aus und sammle mich sofort. „Ich meine Mr Delous.“

Sein Blick gleitet über mich, ich spanne automatisch alle Muskeln in mir an.

„Was für ein Zufall. Ich habe soeben schon Karin getroffen, sie sagte, dass sich wohl ein Virus eingeschlichen hat", erklärt er und ich schlucke endlich den Kloß in meinem Hals herab.

„Anscheinend, die Ergebnisse dauern noch."

„Dann solltest du dich aber ausruhen und nicht hier herumirren."

„Ich irre nicht", stoße ich aus, plötzlich darüber verärgert, dass er denkt, er könnte mir etwas erklären oder mir zu sagen, was ich zu tun habe.

„Warum gleich so in Angriffsstellung?"

„Ich mag es nicht, wenn Menschen denken, sie hätten mir zu sagen, was ich zu tun habe."

„Das ist schlecht, wenn es sich bei diesen Menschen um deinen Boss handelt, wirst du dich daran gewöhnen müssen."

„An der Arbeit, ja."

Er schmunzelt und nickt, akzeptiert meine Entscheidung und ich bin mehr als Dankbar. Für mein Herz wäre es jedoch einfacher, wenn er sich wie ein Arsch und nicht wie der Verständnisvolle verhalten würde.

„Ich denke wir sollten uns unterhalten, wie wäre es, wenn ich dich auf deinem Weg zurückbegleite?"

„Nein." Ich schüttle den Kopf, um meine Worte zu unterstreichen. „Ich denke, das ist keine gute Idee."

„Warum Louisa?"

„Weil ich mir nicht traue."

Er schaut mich interessiert an und setzt sich trotzt meines Einwurfs mit mir zusammen in Bewegung.

„Was meinst du damit?"

„Ich traue mir nicht zu, mich an die Regeln zu halten."

„Diese gelten nur an der Arbeit."

„Dann sollte ich dich daran erinnern, dass du auch jetzt mein Boss bist."

Das tiefe Knurren, welches sich mit seinem Atemzug löst, aus seiner Brust löst, könnte fast als sinnlich durchgehen. Ich richte mich zur vollen Größe auf und nehme eine bessere Körperhaltung ein. Natürlich nur um später keine Nackenschmerzen zu haben und nicht um ihm zu imponieren. Neben Menschen wie Daniel Delous, nimmt man automatisch Haltung an oder geht unter.

„Mit den Flugplänen scheinen alle zufrieden zu sein."

„Warum berufst du keine Mitarbeiterversammlung ein, wenn dich so etwas interessiert?"

„Weil mich nur interessiert, was dir gefällt. Aber die Regeln verbieten es, direkt danach zu fragen."

Gänsehaut bis unter die großen Fußnägel, erfasst meinen Körper. Ich überlege noch, ob er das wirklich gesagt hat oder ob ich mir das in meinen Wunschgedanken einbilde, da komme ich ins Stolpern. Seine Finger schließen sich um meinen Oberarm und diese kleine Berührung genügt, um meinen Körper an unser phänomenales Zwischenspiel zurückzuerinnern.

„Du kannst mich jetzt loslassen, Boss."

„Nein, kann ich nicht."

„Warum?"

„Weil sich alles in mir dagegen wehrt."

Ich starre ihn sprachlos an und schüttle den Kopf. Ich muss dringend meine Gedanken klären, das kann er nicht gesagt haben.

Meine Güte vielleicht ist es kein Virus, vielleicht haben wir uns einen Parasiten eingefangen der ins Hirn wandert und dort die Herrschaft übernehmen will.

„Louisa."

„Ja?"

„Hast du mir zugehört?"
„Ich bin mir nicht sicher."
„Wie meinst du das?"
„Ob das was ich gehört habe auch gesagt wurde."
Er schmunzelt und zieht fragend eine Augenbraue hoch. Vielleicht hätte ich es bei einem einfachen Ja belassen sollen. Aber nein, ich muss natürlich wie immer meine Ehrlichkeit auf der Zungenspitze tragen und schneller herauslassen als mein Verstand die Worte überprüfen kann.
„Ich mag deine Direktheit, aber manchmal musst du dich erklären."
„Ich sollte mich dir gegenüber nicht erklären, du bist mein Boss. Du gibst Befehle und ich folge."
„Vielleicht will ich, dass du dich gegen mich auflehnst?"
„Warum?"
„Um dich zu bestrafen."
Alles klar, mein Verstand spielt mir einen Streich.
„Ich sollte jetzt gehen."
„Louisa, wir werden das klären müssen."
„Warum?"
„Weil es unser Arbeitsverhältnis betrifft."
„Nein, es ist Freizeitlich und es ist nichts geschehen."
„Diesmal nicht, aber ein Blick auf dich genügt, um meinen Körper daran zu erinnern, was war."
Alles klar, nun weiß ich, was hier los ist. Das ist ein Test! Ich muss ihn einfach nur bestehen, ohne mich lächerlich zu machen. Wahrscheinlich testet er so jede der Mitarbeiterinnen, um zu schauen, ob sie seine Regeln befolgen.
„Es tut mir leid, wenn es dir Probleme bereitet, Boss."

„Ich sehe, dass du dich genauso an unsere gemeinsame Nacht erinnerst."

„Ja als eine Erinnerung, etwas, das nie wieder geschehen wird."

„Sag niemals nie, Louisa."

Ich versuche mich aus seinem Bann zu lösen, weiterzugehen, aber er steht mir zu nah. Sein Aftershave ist das gleiche wie jenen Flug und ich atme tief ein. Es scheint, als würde allein sein Geruch die Macht haben, mein Unwohlsein zu lindern.

„Ich sollte jetzt gehen."

„Und wann reden wir, Louisa?"

„Soll das ein Test sein? Ich werde die Regeln loyal befolgen."

„Ich mag es, dass du meine Regeln befolgst. Aber ein Test ist es durchaus nicht. Außer das Schicksal testet mich."

„Ich verstehe nicht …".

„Ich auch nicht, noch nie hat mich etwas so durcheinandergebracht wie du. Und je mehr ich mir vornehme, dich zu verbannen umso präsenter glühst du in meinen Gedanken auf."

Ich lache trocken auf.

„Entschuldige mich bitte, aber ich glaube, das ist genug."

„Nein, Louisa, es wird nie genug sein."

Ich schüttle den Kopf.

„Du hast deinen Spaß gehabt Mr Delous, nun wird es Zeit für mich zu gehen."

„Du denkst, ich scherze?", verlangt er wütend zu wissen und ich erzittere unter der plötzlichen Wut in seiner Stimme.

„Was ist es sonst? Du kannst das nicht ernst meinen, warum solltest du solch eine Regel aufstellen und mir dann so etwas erzählen?“ Ich werfe die Hände in die Luft und wedle genervt damit vor ihm herum. Er umfasst sie blitzschnell und drückt sie gegen meine Brust. Wobei seine Fingerspitzen sich ebenfalls dagegen drücken und förmlich durch mein Oberteil zu brennen scheinen.

„Vielleicht weil ich zurzeit nicht ich selbst bin, Louisa.“

„Und wie kann ich dabei behilflich sein?“

Er sieht mir tief in die Augen und ich halte den Atem an, während unsere Gesichter immer näher zueinander zu rücken scheinen.

Eine Fahrradklingel ertönt und lässt uns auseinanderstreben.

„Entschuldige“, stoße ich mit einem tiefen Atemzug aus, schüttle den Kopf und eile los. Ich kann es einfach nicht glauben, was zur Hölle geschieht hier?

Mit einem panischen Blick hinter mich stelle ich fest, dass er immer noch dort steht. Seine Hände in die Hosentaschen gesteckt, den Blick gesenkt und die sonst so prächtigen Schultern scheinen leicht eingeknickt. Ich bin für zwei Sekunden versucht weiterzueilen, dann bleibe ich stehen, fluche leise vor mich hin und gehe mit bedächtigen Schritten zu ihm zurück.

Er hebt den Kopf und sieht mich an, in seinen Augen funkeln Faszination und Argwohn.

„Was nun?“, frage ich und deute zwischen uns hin und her.

„Geh mit mir was essen.“

„Ich war so eben essen.“

„Dann lass uns etwas spazieren gehen.“

Kapitel 10

DANIEL

Liebe ist eine Sprache, die selbst Blinde lesen können und Taubstumme verstehen.

Als sich der Plan in meinem Kopf geschmiedet hat, war Louisa begeistert. Aber die Realität sieht meist anders aus, wie ich nun feststellen muss. Sie ist misstrauisch und voller Argwohn und wer kann es ihr verübeln?

Immerhin habe ich klargemacht, wo ich die Grenzen setzen will und soeben komme ich, um sie zu brechen. Oder habe ich das nicht einmal wirklich vor? Nein, denn ich habe ihr ein ganz anderes Angebot zu machen. Eines, dass meine Regel hinfällig macht, denn es wird sie nicht länger betreffen.

Sie läuft neben mir her und wirkt etwas blass, ich erinnere mich daran, dass sie eigentlich ins Bett gehört, um sich auszuruhen und beschließe den Spaziergang kurzzuhalten.

Ihr Apartment liegt auf der anderen Seite, ist aber durch einen Schwenker in der Innenstadt einfach zu erreichen. Daher schlage ich diesen Weg ein und lasse sie nicht aus den Augen, falls es ihr doch schlechter gehen sollte. Louisa ist keine dieser Frauen, die ihren Schmerz oder ihr Leiden offen zeigen, das habe ich bereits auf dem Flug festgestellt. Manch anderer wäre in ihrer Situation in Tränen ausgebrochen.

„Ich verstehe nicht, was das hier wird, wo es hinführen soll“, flüstert sie und sieht einer Taube dabei zu, wie sie versucht, die Croissant Reste aus einem Mülleimer zu ziehen.

„Ich habe dir einen Vorschlag zu unterbreiten.“

„Einen Vorschlag?“

„Eher ein Angebot.“

„Und ich will wissen, was es ist?“ Sie ist misstrauisch und ich muss schmunzeln.

„Ich denke schon. Was wäre, wenn ich die Lösung für alle Probleme hätte?“

Ihre Augenbrauen ziehen sich zusammen und ihre Nase kräuselt sich leicht.

Dabei entstehen winzige Falten unter ihren Augen und ich stelle fest, dass es die perfekte Beschäftigung ist, neue Eigenschaften an ihr zu entdecken.

„Ich weiß nicht ...“.

„Höre mir zu und entscheide dann.“

Ihr Blick gleitet über mich, sie richtet ihn mit einem Seufzen geradeheraus, nickt aber mit ihrem Kopf zustimmend mir zuzuhören.

Ich zögere kurz, versuche darüber nachzudenken, ob es wirklich klug ist, was ich hier tue. Meine Mutter würde mich umbringen, wenn sie es wüsste. Aber es gibt keine andere Chance.

„Ich benötige eine Frau.“

Sie stolpert neben mir und ich packe sie blitzschnell mit dem Arm um die Hüfte. Stelle sie aufrecht hin und lasse sie sich zurückziehen. Dabei gefällt mir das Gewicht ihres Körpers an meinem, die Wärme, die durch die Kleiderschichten an meine Finger dringt.

„Was?“ Ihre Stirn runzelt sich, ihre Augen verengen sich. „Du meinst, wie eine, für eine Nacht?“

„Nein, ich meine eine Ehefrau. Jemand, der mein Heim und Herd hütet“, brumme ich.

Verärgert das sie denkt, ich hätte es nötig für eine Nacht nach jemand gewilltem zu suchen.

„Du machst Witze.“

Sie lacht und ich warte bis sie merkt, dass ich nicht mit einstimme. Mit einem Räuspern bringt sie sich zur Ruhe und sieht mich immer noch fassungslos an.

„Okay, lass mich das zusammenfassen. Du und ich, wir hatten einen kurzen Ausflug ins Paradies. Dann hast du dich als mein neuer Boss herausgestellt und Regeln eingeführt, die uns laut deinen Worten voreinander schützen sollen. Wofür all das Theater, wenn du jetzt hier stehst und mir erklärst du suchst eine Ehefrau.“

„Ich suche keine Ehefrau, Louisa, eher eine Fake-Verlobte.“

„Aber für was all das?“

Das kann ich ihr nicht erklären, denn erstens ist mein Plan bis jetzt nicht ganz ausgereift und zweitens werde ich ihr keinen wunden Punkt offenbaren. Ich habe früh gelernt, dass es besser ist nicht verletzlich zu sein.

„Ich muss dich enttäuschen oder ich bin von dir enttäuscht. Ich weiß es nicht, das ist echt etwas zu viel für mich. Wie soll das gehen mit deiner Regel an der Arbeit?“

„Du brauchst nicht mehr arbeiten gehen, wenn du offizielle zu mir gehörst.“

Sie lacht hysterisch auf und bleibt stehen. Ihre Hände ballen sich zu Fäusten und landen in ihren Seiten über den Hüften. Sie stößt den Atem aus und ich merke, dass sie kurz vor einer Explosion steht.

„Dir gehören? Du denkst, ich bin eine von dieser Sorte?“

„Was meinst du damit, eine von dieser Sorte?“

„Eine, die ihre Schenkel spreizt, um bequem zu Hause zu sitzen? Denkst du, ich habe so viel gearbeitet, um später als Betthäschen zu enden? Dass ich eine von der Sorte bin, die sich einen reichen Typ angelt, um ausgesorgt zu haben? Am besten noch so eine, die dem Typ direkt ein Kind anhängt um ganz sicher zu sein?“

„Nein, natürlich nicht, Louisa.“

„Aber genau so kommt es rüber. Als, wenn du wirklich denkst, ich wäre eine von diesen billigen Schlampen.“

Nun ist es an mir, sie erstaunt anzustarren.

„Nein, ich wollte dich keinen Falls beleidigen und würde niemals so etwas denken.“

„Ich habe keine Ahnung, warum ich überhaupt zurückgekommen bin. Aber es wird Zeit zu gehen. Ich wünsche dir viel Erfolg bei deiner Suche.“

Sie wendet sich ab und ich sehe alle Felle davon schwimmen.

„Warte Louisa, ich habe das einfach falsch ausgedrückt.“

„Nein Daniel, ich denke, du hast mehr als genug gesagt.“

Die Enttäuschung in ihren Augen ist verletzender als jegliche Wut, die mich hätte treffen können. Ihre Silhouette schiebt sich durch die Menschenmasse um uns herum und verschwindet zwischen den hohen Gebäuden der Innenstadt.

„Super gemacht, das hat ja wirklich perfekt funktioniert“, knurre ich zu mir selbst und setze mich selbst in Bewegung. Mein Plan war, sie dafür zu begeistern und direkt mit nach Hause zu nehmen, ihr die neue Unterkunft zu zeigen. Stattdessen wird es eine einsame, kalte Nacht und ich muss mich dringend darum kümmern dieses Missverständnis aus dem Weg zu räumen.

Kapitel 11

LOUISA

Die Kraft der Zuversicht erfordert eine Menge Mut und den starken Willen sie in etwas Positives zu verwandeln.

Die Wut in meinem Bauch ist unbeschreiblich. Ich finde nicht einmal eine Möglichkeit, sie heraus zu lassen. Dabei spüre ich wie es mir auf den Magen schlägt und das Sodbrennen noch verschlimmert. Gleichzeitig kämpfe ich mit Tränen der Verzweiflung. Nicht aus Wut, es ist wirkliche Verzweiflung. Nie hätte ich ihn so eingeschätzt.

Denkt er wirklich, ich bin eine von diesen billigen, schäbigen Weibern? Eine Frau, die nicht für sich selbst einstehen kann? Verflucht, wahrscheinlich hat er sich über mich informiert und nur die riesige Liste mit Pflegefamilien und Heimen gesehen. Wie soll ich ihm erklären, dass es nichts damit zu tun hat, wo man herkommt, sondern darauf ankommt, was man aus sich macht?

Er hat es ja nicht nötig mit seinem reichen Elternhaus. Ja, ich habe mich auch über ihn informiert. Nach etlichen Dingen gesucht, um mir selbst bewusst zu machen, dass er nicht so toll ist, wie ich ihn in Erinnerung habe. Ein Umstand, den er mir soeben erleichtert hat.

Was für ein widerliches Verhalten!

Ich kann es einfach nicht fassen, erneut durchströmt mich eine Welle aus Zorn. In diesem Moment bin ich mir nicht einmal sicher, auf wen von uns beiden ich so wahnsinnig rasend vor Wut bin. Auf ihn, weil er ein solch arrogantes Arschloch ist und mir so ein unmoralisches Angebot macht oder auf mich, weil ich ihn bis zum heutigen Tag innerlich in den Himmel gehoben habe.

Wann immer ich in der Nacht verschwitzt und verdammt heiß aufgewacht bin, war er der Grund dafür. Wie viele Nächte habe ich mir gewünscht, dass wir mehr als nur dieses kurze Vergnügen zum Teilen hätten? Wie oft habe ich seine Regeleinführung verflucht? Er scheint definitiv eine teuflische Seite an mir zu wecken, so oft wie er mich zum Fluchen bringt.

Verdammt!

Egal, wie sehr ich mich aufrege, ich muss daran denken, dass es nichts bringt. Das habe ich schon sehr früh in meinem Leben gelernt. Es bringt nichts sich wegen anderen den Kopf zu zerbrechen oder ein schlechtes Selbstwertgefühl aufkommen zu lassen.

Meine Finger gleiten in die Jackentasche, ich ziehe den Schlüssel hervor und lasse ihn beim Versuch aufzuschließen gleich dreimal auf den Boden fallen. Der rote Schleier aus Wut vor meinen Augen verdichtet sich.

Diesmal gegen mich selbst gerichtet, dass ich mich von ihm so auf die Palme bringen lasse. Ich weiß selbst nicht warum, denn eigentlich habe ich mich und meine Empfindungen besser unter Kontrolle.

„Hey Louisa“, erklingt die Stimme der freundlichen Nachbarin.

„Hallo Andrea.“

„Wie geht es dir? Hast du heute frei?“

„Heute und wahrscheinlich den Rest meines Lebens, wenn ich mich nicht bald beruhige“, raune ich für mich selbst vor mich hin, ehe mich ihr zuwende.

„Ich war beim Arzt vermutlich Magen und Darm, was Falsches gegessen oder die Wasserqualität war nicht so wie er erhofft.“

„Oh nein, na hoffentlich keine Regionären.“

„Du meinst Legionellen, aber das halte ich für unwahrscheinlich. Dafür geht es mir doch noch ziemlich gut.“

„Oder Parasiten“, wirft sie ein und schüttelt den Kopf, „ich habe gelesen, die sind manchmal sogar in der Bettwäsche.“

„Du meinst Wanzen? Es ist eher kein Juckreiz. Sondern wirklich Magen und Darm.“

„Ich wünsche dir auf jeden Fall gute Besserung“, ruft sie und flüchtet die Straße entlang.

Ich starte erneut einen Versuch und schaffe es diesmal, die Haustür zu öffnen. Sowie sich das schwere Türblatt hinter mir schließt, stecke ich den Schlüssel ins Schlüsselloch und verschließe die Tür.

Erst als die Schließanlage eingerastet ist, fällt etwas von der Anspannung und Wut von mir ab. Mein Körper rutscht am Türblatt herab, mein Hintern berührt den kalten Boden. Ich merke, wie das gesamte Gewicht meines Kopfes zu schwer für meinen Hals erscheint und lege ihn in den Nacken. Daniel ist ein Idiot, ein Vollidiot. Aber ich werde ihm nicht für immer auf dem Weg gehen können, immerhin ist er gleichzeitig mein Boss.

Etwas, das ich nun bereue und dieser Umstand bringt mich wirklich dazu, darüber nachzudenken, freiwillig den Arbeitgeber zu wechseln. Am besten gleich das komplette Land. Anderenfalls werde ich nie aufhören, an ihn zu denken.

„Ach verflucht, wem mache ich was vor?", knurre ich und krieche auf allen Vieren zur Couch herüber. „Es ist einfach nicht so, als würde mir Entfernung helfen, nicht an ihn zu denken."

Meine Finger krallen sich in den Stoff des Polsters, ich ziehe mich daran herauf und lasse mich tief in das weiche Sitzkissen sinken.

Daniel Delous, was ein Mistkerl. Ich würde mir gerne selbst sagen, dass nach einer Runde Schlaf alles wieder besser aussieht, aber offen gesagt, kann ich mir nicht vorstellen, dass Schlaf möglich sein wird.

Wahrscheinlich werde ich nie wieder in einem Leben eine ruhige Minute bekommen. Mein gesamter Körper scheint vor innerer Anspannung zum Explodieren geballt zu sein. Mit leichten Atemübungen, schaffe ich es zumindest, dass die kleinen Punkte nicht länger vor meinen Augen tanzen.

„Okay, eines nach dem anderen", stoße ich zwischen zusammengebissenen Zähnen aus und werde vom Klingelton meines Smartphones in meinen Selbstgesprächen unterbrochen.

Ich ziehe es hervor und starre darauf, es ist eine unbekannte Nummer und ich rechne schon fest damit, dass es sich um das Büro handelt, als ich drangehe.

„Hallo?"

„Die Arztpraxis von Dr. Calmy."

„Hallo", erwidere ich erneut, diesmal freundlicher. Vielleicht werden die erhofften Schmerzmittel auch gleichzeitig etwas gegen meine verletzte Seele tun können. Eine leicht betäubende Wirkung würde mir schon genügen.

„Wir haben die Untersuchungsergebnisse und es wäre wundervoll, wenn sie vielleicht heute Nachmittag nochmals kommen könnten."

„Aber natürlich, ich werde mich gleich auf den Weg machen."

Ich überlege noch kurz Karin anzurufen und ein Uber zu teilen, aber vielleicht hat die Praxis sie ja noch gar nicht angerufen. Mit einem leichten Hoffnungsschimmer eile ich los ins Badezimmer und ordere per App einen der Uber-Fahrer. Er braucht nicht lange, ehe er hier ist und die Fahrt zum Arzt vergeht ohne weitere Ereignisse. Neben dem Uber parkt ein weiteres Fahrzeug und Karin steigt aus.

„Ich war mir unsicher, ob du auch schon Bescheid hast", ruft sie und ich schüttle mit einem leichten Lächeln den Kopf.

„Haben sie dir schon etwas erzählt?“

„Nein, dir?“

Ich schüttle den Kopf und gehe mit ihr zusammen hinein. Wir melden uns an und nehmen im Wartezimmer Platz.

„Sag mal, hast du vorhin unseren Chef gesehen?“

„Du meinst, nach dem Arzt? Allerdings“, knurre ich.

„Dann habe ich doch richtig gesehen, ich war mir nicht sicher, als ich vorbeieilte, ob das wirklich Mr Delous war.“

„Ich glaube, den kann man nicht verkennen“, stoße ich aus und entlocke ihr damit ein zustimmendes Lachen.

Eine Arzthelferin kommt herein und ruft Karin auf.

„Bis gleich“, raunt sie und eilt ihr hinterher.

„Bis gleich.“ Ich stoße seufzend den Atem aus und nehme mir eine der Zeitschriften. Rechne fest damit, Karin vor der nächsten Arzthelferin zu sehen und bereits zu wissen, was uns fehlt, bevor ich zum Arzt hineinkomme. Doch zu meiner Überraschung taucht kurz darauf die Arzthelferin erneut auf und bittet mich ebenfalls zu folgen.

„Wir bräuchten noch eine Urinprobe, wenn möglich.“

„Aber sicher.“ Ich nehme den Becher entgegen und gehe in die schmale Kabine der Toilette, um meinen Dienst zu verrichten. Nachdem der Becher beschriftet ist, stelle ich ihn in den kleinen Kasten und diesen in die Klappe in der Wand.

Ich wasche meine Hände und trete hinaus auf den Flur, aus dem Augenwinkel sehe ich Karin, wie sie kopfschüttelnd aus dem Untersuchungsraum kommt und winke ich grinsend zu. Doch sie sieht mich nicht, es wirkt, als würde sie durch mich hindurchsehen.

Mein Vorhaben zu ihr zu gehen wird jedoch von einer weiteren Arzthelferin gestoppt, die mich direkt in eines der Untersuchungszimmer führt.

Ich setze mich und schaue mich um. Nachdem ich länger als erwartet hier sitze, beginne ich die Titel der Bücher und Broschüren zu lesen. Betrachte den bunten Kalender an der Wand und schaue aus dem Fenster.

So langsam frage ich mich, warum es so lange dauert, da öffnet sich die Tür und die Arzthelferin bringt die kleine Papiermappe mit den Untersuchungsergebnissen herein.

„Der Dr. ist bald da."

„Danke."

Die Tür schließt sich hinter ihr und wirbelt dabei den starken Geruch nach Desinfektionsmittel auf. Ich spüre wie erneut eine Woge des Sodbrennens, die Magensäure heraufsteigen lässt und schlucke sie herunter. Das Brennen ist mehr als unangenehm und ich hoffe, der Arzt hat eine Lösung dafür.

Die Tür öffnet sich und der Doktor kommt herein. Er hat es so eilig, dass der helle Kittel hinter ihm herschwebt und ihm einen fast ehrfürchtigen Auftritt verpasst.

„So Frau Carway, dann wollen wir mal schauen", erklärt er und gleitet beschäftigt auf seinen

Schreibtischstuhl. Seine Hände umfassen den gelben Umschlag der Akte und falten ihn auseinander. Im Inneren sind die Untersuchungsergebnisse angeheftet und was immer er sieht, scheint ihn zu erheitern.

„So, sie waren also mit Frau Claims zusammen im Urlaub", schmunzelt er.

„Nein, also ja. Aber eher aus dienstlichen Gründen."

„Also Fr. Carway ich habe schon so einiges gehört, wofür Angestellte ihre Arbeitgeber verklagten, aber ich denke hier werden sie kein Glück haben."

„Nein, ich möchte sie nicht verklagen. Ich will nur, dass es aufhört."

Er nickt und tippt auf seiner Tastatur herum, seine Brille sitzt viel zu weit auf der Nasenspitze, um wirklich hindurchsehen zu können.

„Ich denke, das hier müsste helfen. Alles Weitere wird der Gynäkologe mit ihnen klären."

„Der Gynäkologe?", frage ich und denke mit Schreck daran, dass ich mich an dem Abend in der Bar auf die Toilette gesetzt habe.

„Oh meine Güte, ich werde mir doch von diesen zwei Sekunden auf der Toilette, keine Krankheit eingefangen haben?"

Der Arzt schaut auf und blickt mich interessiert an, ich kann sehen, wie es in seinen Augen funkelt.

„Über die benötigte oder genutzte Zeit kann ich nicht viel sagen. Das Ergebnis ist jedoch eindeutig."

„Was ist es?"

„Das wird man erst in ein paar Wochen sehen, bis dahin ist es ein Embryo und ab der achten Woche ein Fötus."

Ich versuche in Gedanken alle bekannten Krankheiten durchzugehen und mit seinen Worten zu vergleichen. Es dauert viel zu lange, bis die wahre Bedeutung ankommt und als es so weit ist, schüttle ich abwehrend den Kopf.

„Das ist ein Missverständnis, das kann nicht sein."

„Wir haben es bewusst erneut geprüft."

„Missgeschicke geschehen meist nicht als Einzelfall", werfe ich ein, unfähig auch nur zwei Sekunden zu denken, dass es sein könnte.

„Es ist wie es ist, machen sie sich einen Termin beim Gynäkologen ihres Vertrauens und lassen sie es sich bestätigen. Dieser wird auch alles Weitere mit ihnen besprechen."

„Aber ich verstehe nicht ...".

„Ich kann ihnen nicht weiterhelfen, was den Zeitpunkt betrifft oder die Art. Auch nicht, was die zeitliche Länge betrifft." Den letzten Teil fügt er grinsend hinzu.

„Aber die Magen und Darmprobleme."

„Die kommen ebenfalls genau von diesem Ausgangszustand."

„Ich kann das nicht glauben."

„Das geht vielen Frauen so, lassen sie es erstmal sacken und dann machen sie sich einen Termin. Wenn sie keinen Frauenarzt oder keine Frauenärztin haben können sie sich eine Liste möglicher Kollegen an der Information geben lassen."

Er erhebt sich, hält mir seine Hand hin. Ich starre sie ein paar Sekunden an, ehe ich mich erhebe und sie ergreife, um sie zu schütteln.

„Vielen Dank, Doktor“, raune ich und höre meine eigene Stimme wie aus weiter Ferne.

Es gibt nur eine Möglichkeit, wer der Vater ist, sollte es wirklich so weit sein. Das erschreckt mich mehr als sein Auftritt heute im Park. Wie soll ich ihm erklären, was ich soeben erfahren habe? Nach diesem unglaublich frechen und unverschämten Angebot. Nachdem ich ihm erklärt habe, dass ich nicht so eine bin.

Das darf alles nicht wahr sein und so ich vom Verstand her noch daran zweifele, weiß mein Herz, das es wahr ist und ich nicht länger allein bin. Ich spüre plötzlich mit aller Deutlichkeit das Spannungsgefühl an meinen Hüftknochen. Der Perioden ähnliche Schmerz, der sich einfach nicht zur Blutung durchgerungen hat. Die Übelkeit und das Sodbrennen. Meine Hormonproblem und der verlorene Kampf gegen die Tränen. Warum ist mir das nicht vorher aufgefallen?

Kapitel 12

DANIEL

Liebe ist die einzige Kraft, die dich immer hoffen lassen wird.

Ich sitze mit meiner Mutter auf der Terrasse und schaue in den Garten. Es ist kalt, aber mit den Decken und dem heißen Tee lässt es sich durchaus aushalten.

„Wie geht es dir heute?“

„Mir geht es gut, Daniel. Ich bin froh, dass du gekommen bist.“

„Natürlich.“

Ich verkneife mir den Rest des Satzes, wer weiß, wie oft ich noch die Chance dazu haben werde, hier zu sein.

„Dein Vater und deine Schwester machen mir keine Sorgen. Sie sind stark.“

„Ich bin nicht schwach“, werfe ich verwundert ein.

„Nicht schwach, aber emotional und sehr aufbrausend. In deiner Wut verlierst du oft den Überblick.“

„Das ist schon lange nicht mehr der Fall.“

„Ich hörte, du hast eine Fluggesellschaft erstanden“, erklärt sie mit hochgezogener Augenbraue und ich schnaufe.

„Solltest du nicht anderes zu tun haben, als dich damit zu beschäftigen?“

„Ich wüsste nicht, was?“

„Es war eine gute Investition."

„Wie sich im Nachhinein herausgestellt hat, worüber du sehr glücklich sein kannst." Sie rügt mich und schenkt mir dennoch ein Schmunzeln. Wie in meiner Kindheit. Einer Zeit, die viel zu lange her ist. Was würde ich dafür geben, diese Zeit erneut zu haben, sie bewusst erleben zu können.

„Drifte nicht wieder in die trübsinnigen Gedanken ab", bittet meine Mutter und ich würde ihr zu gerne diesen Wunsch erfüllen. Leider ist das nicht so einfach.

„Also, wie läuft es mit dieser Airline?"

Ich schaue zu ihr hinüber und grinse. „Was willst du wirklich wissen?"

„Vielleicht, was meinen sonst so bedachten Sohn dazu verleitet hat, hierbei erneut seinem Jähzorn zu unterliegen, denn etwas anderes kann es natürlich kaum gewesen sein."

„Ich verstehe einfach nicht, warum niemand davon ausgeht, dass ich mich einfach plötzlich für Flugzeuge interessiere."

„Ich habe dir zum achten Geburtstag einmal ein Flugzeug gekauft. Es landete direkt in deinem Schrank und genau dort habe ich es bei deinem Auszug gefunden und dem Kindergarten gespendet."

Sie schüttelt den Kopf und trinkt einen Schluck.

„Es ging um diese Frau", erkläre ich und ergebe mich. Meine ersten Worte entringen ihr sofort ein erfreutes Glucksen, ihr Blick fokussiert mich.

„Eine Frau. Wann lerne ich sie kennen?"

„Gar nicht, befürchte ich."

„Wie meinst du das?“

„Sie ist nicht interessiert.“

„Du kaufst ein Unternehmen für eine Frau und stellst nicht vorher sicher, dass sie auch interessiert ist?“ Ihre Augenbrauen zucken herauf, sie sieht mich an, als würde sie an meinem Verstand zweifeln, und wenn sie es so sagt, hört es sich wirklich alles andere als gut durchdacht an.

„Nein, also ja. Das ist alles kompliziert.“

„Es liegt immer an den Parteien, ob etwas kompliziert ist.“

„Ich habe sie vorher nicht wirklich gefragt, aber wir sind uns überraschend nähergekommen und ich bin somit davon ausgegangen, dass sie genauso interessiert ist.“

„Was ist dann schiefgegangen?“

„Ich habe das Regelwerk des Unternehmens abgeändert.“

Sie schaut mich abwartend an.

„Sodass es keine Techtelmechtel zwischen den Angestellten oder auch der Chefetage geben kann.“

„Oh, Daniel, ich weiß nicht einmal, ob ich wissen will, was dich dazu gebracht hat.“

„Nein, das ist etwas Privates.“

„Ich hoffe, du kannst das Schlamassel beheben?“

„Das dachte ich.“

„Aber?“

„Anscheinend bin ich darin ziemlich schlecht.“

„Du meinst, sie hat erneut abgelehnt?“

„Na ja, um ehrlich zu sein, beim ersten Mal habe ich nicht gefragt."

„Du solltest es mit reden versuchen."

Ich stoße ein trockenes Lachen aus, das all meine Verzweiflung zum Ausdruck bringt.

„Glaube mir, ich dachte immer, reden wäre meine Stärke, aber seit der letzten Woche bin ich mir da nicht mehr so sicher. Sie ist mir seit dem letzten Versuch komplett aus dem Weg gegangen."

Dabei fällt mir ein, dass wir keine Rückmeldung von der Praxis haben. Karin und sie sind zwar wieder an der Arbeit, aber mir fehlt noch die offizielle Bestätigung, dass es kein Keim oder sonst etwas Meldepflichtiges war. Ich will soeben Eli anrufen, um sie zu bitten, sich darum zu kümmern, da klingelt mein Smartphone und die Nummer des Büros erscheint.

Mit einem Schmunzeln nehme ich den Anruf an.

„Eli, ich wollte dich gerade anrufen."

„Daniel, wir haben ein Problem."

Ihre Stimme ist gefasst und ruhig, ein Umstand, der mich wissen lässt, dass es wirklich ernst ist. Meine Schwester war schon immer in der Lage, in solchen Momenten alle Emotionen auszublenden und erst später im privaten Raum wieder freizugeben.

„Wie schlimm ist es?"

„Schalte den Fernseher ein", erklärt sie.

Ich erhebe mich und eile hinein, greife nach der Fernbedienung und schalte auf den Nachrichtensender. Es dauert, bis sich das Bild in meinen Kopf fokussiert und mir deutlich macht, was dort gerade geschieht. Ich sehe die Bilder und begreife dennoch nicht so wirklich, was genau sich dort abspielt.

„Siehst du es?“, erklingt Elis leise Stimme durch das Mikrofon und unsere Mutter keucht hinter mir auf. Ihre Augen sind riesig und auf den Bildschirm gerichtet. Ihre Finger legen sich vor ihre Lippen.

Es gibt nicht viel zu sehen und genau das ist das Problem. Auf dem TV schimmert die unruhige Oberfläche des Meeres. Eine einzige Rettungsweste schwimmt im Wasser und die Untertitel schieben sich rasend schnell über den Bildschirm. Eine Reporterin versucht mit erschütterter Miene ihren Text abzulesen.

„Daniel?“

„Was zur Hölle …“, knurre ich.

„Es war eines unserer Flugzeuge auf dem Weg nach Atlanta.“

„Ich will sofort die Buchungsliste und wissen, welche Mitarbeiter an Bord waren.“

„Daniel, es wäre besser …“, beginnt sie.

„Eleonora!“

„Sie war an Bord, Daniel.“

Es ist nicht mehr als ein leises Flüstern, ehe sie auflegt und sich auf den Weg macht, mir alle Listen zuzusenden. Meine Knie scheinen unter mir nachzugeben. Ich sinke auf die Couch und stelle den Fernseher lauter.

„Wo ist Flug 981, der sich auf dem Weg nach Atlanta befand? Gehört die Flugweste wirklich zur Ausstattung des Fliegers und warum ist die Funkverbindung genau hier abgebrochen? Meteorologen …“

Ich höre nicht mehr zu, alles, was ich höre, ist der viel zu laute Klang meines eigenen Blutes in den Ohren.

Louisa war an Bord. Es ist mir egal, wie sie es machen, aber sie müssen dieses Flugzeug finden, und zwar sofort! Ich greife erneut zum Telefon, doch die Finger meiner Mutter schieben sich über meine. Ihre Augen sind mit Tränen gefüllt. Sie leidet für mich, denn sie kann den Schmerz in mir erkennen.

„Alles wird gut“, erkläre ich mit dem tiefen Grollen der Verzweiflung.

„Du musst jetzt durchdacht handeln, Daniel, alles andere wird ihr nicht helfen.“ Entweder hat sie unser Gespräch verfolgen können oder sie kann sich ihr Teil denken. Ich schüttle den Kopf, kläre meine Gedanken, nur um direkt in die nächsten verstrickt zu werden.

„Helfen? Wahrscheinlich schwimmt sie auf dem Meeresgrund oder ist bereits von einem Hai gefressen worden“, fluche ich und schlage mit der Faust auf den alten Holztisch, der zum Glück für sein Alter stabil ist.

„Ich muss zum Flughafen.“

„Lass dich von Ralf fahren, du bist nicht in der Verfassung, jetzt hinter einem Steuer zu sitzen“, bittet sie und die Haustür fliegt auf.

Mein Vater kommt herein und in seiner Miene spiegelt sich das gleiche Entsetzen wider, das sich auch in meiner abzeichnet.

„Ich hörte, es ist eines deiner Flugzeuge?“

„Eine der neueren Maschinen“, erkläre ich, als würde es einen Unterschied machen.

„Du hast unsere volle Unterstützung. Bei allem, was du benötigst“, erklärt mein Vater, ehe Mutter sich an ihn wendet und ihn bittet, Ralf den Wagen vorfahren zu lassen. Vater hingegen winkt ab.

„Wer benötigt schon Ralf? Ich fahre ihn selbst.“

Sein Blick zuckt fragend zu mir herüber. Mit einem Nicken stiller Verständigung folge ich ihm hinaus. An der Haustür fällt mir unsere Mutter kurz um den Hals. Sie drückt mich fest an sich.

„Ich bete, dass alles gut wird. Manche Flugzeuge haben einfach nur technische Probleme und landen irgendwo zwischen.“

„Und verteilen zuvor wie Brotkrumen ihre Rettungswesten?“, frage ich und wünschte, ich würde nicht so zynisch klingen.

„Sie wissen nicht, ob sie von deiner Fluggesellschaft sind.“

Ich nicke, sie meint es nur gut. Aber die Tatsache ist, dass alles danach aussieht, dass der Flug nicht plangemäß zu Ende geführt werden konnte und mit einer Notlandung auf dem Wasser endete. Einem Gewässer, das bei Weitem damit nicht das erste Flugzeug verschlingen würde und zu allem Überfluss heute zur Bestleistung bereit zu sein scheint. Die hohen Wellen lassen die orangefarbene Rettungsweste wie ein Spielzeug auf den Kronen tanzen, ehe sie verschluckt und erneut ausgespuckt wird.

„Eine Ortungsmannschaft ist bereits auf dem Weg“, erkläre ich meinem Vater mit einem Blick auf die neueste Nachricht von Eli. Ich lasse sie wissen, dass ich auf dem Weg bin und unseren Vater mitbringe.

Mein Blick richtet sich aus der Windschutzscheibe nach vorn. Ich nehme weder die Fahrzeuge noch den beginnenden Sturm um uns herum wahr. Alles, was ich sehe, verschwimmt vor meinen Augen. Das Verschwommene fügt sich zu etlichen kleinen Punkten zusammen. Es bildet sich zu einem ganz bestimmten Bild, das der glänzenden Oberfläche ihrer Augen gleicht. Louisa, halte durch.

„Was sagt dein Gefühl?", unterbricht seine Stimme die Stille.

„Was meinst du?", frage ich, noch tief in dem Gedankenkarussell in meinem Kopf gefangen.

„Wenn du tief in dich hineinhorchst. Was spürst du?"

Das ist eine verdammt gute Frage, denn bis jetzt habe ich nicht darauf geachtet. Das Chaos um mich herum, welches aus heiterem Himmel ausgebrochen ist, hat mich zu sehr vereinnahmt. Jetzt, wo sich die Frage aufgetan hat, versuche ich es herauszufinden. Alles, was ich fühle, ist ein unermesslicher Druck. Er scheint meinen gesamten Brustkorb auszufüllen und mich am Atmen zu hindern.

„Ich fühle nichts, nur einen unbändigen Druck."

Er nickt und beschleunigt das Fahrzeug. Kurz darauf parken wir auf den Firmenparkplätzen des Flughafens und streben im Gleichschritt den Eingangsbereich an. Eleonora kommt uns bereits in der Eingangshalle entgegen. Sie wirkt angespannt, ihre Lippen sind blass und zu einer schmalen Linie verzogen.

In ihren Augen reflektiert der Stress, der sich ebenfalls in den roten Flecken auf ihrem Hals abzeichnet.

„Wie ist die Lage?“

„Die Ortungsmannschaft ist vor Ort, aber das Wasser ist mehr als unruhig. Es wird einige Zeit in Anspruch nehmen, bis sie hinauskönnen.“

„Das wollte ich nicht wirklich hören“, stoße ich aus und merke, wie der Druck in meiner Brust zunimmt.

Unser Vater mischt sich ein. „Hat man Personen ausmachen können?“

Er fokussiert seinen Blick auf Eli und ich tue es ihm gleich. Wir starren sie an, warten auf ihre Antwort. Der Druck in meiner Brust steigt ins Unermessliche.

„Nein“, erklärt sie und ich sehe, wie sie mit den Tränen kämpft. Es ist eine Sache, ein Unternehmen zu leiten. Es ist jedoch eine ganz andere Sache, nichts unternehmen zu können. Die Menschen verlassen sich auf dich. Du bist ihr Boss, du machst die Regeln. Du hast ihr Vertrauen. Nun sind sie auf mich angewiesen und mir sind die Hände gebunden. Ich kann nichts tun als warten und beten. Wir betreten das Büro, ich lehne mich an den Schreibtisch und starre auf die Landebahn, wünsche mir, den Flieger herbeisehnen zu können.

Die Serviceleitungen unserer Telefonauskunft läuten durchgehend. Angehörige, Versicherungsgesellschaften, Angestellte. Sie alle wollen wissen, wie der Stand der Dinge ist.

Ich warte immer noch auf die Freigabe des Mitschnitts aus dem Cockpit, der belegt, was zuletzt geschehen ist, ehe die Verbindung abbrach.

Kapitel 13

LOUISA

Eine Reise beginnt immer mit dem Schritt ins Ungewisse, denn dein Ziel kann sich mit der Laune des Schicksals ändern.

Die Übelkeit der letzten Tage hat sich mit dem Ende des Sodbrennens etwas gelegt. Was geblieben ist, ist das Hormonchaos. Wann immer ich Daniel ausgewichen bin, hat sich alles in mir sofort nach ihm gesehnt.

Manchmal habe ich sogar darüber nachgedacht, was wäre, wenn ich sein Angebot annehme. Denn ich mache mir nichts vor. Sobald ich die Schwangerschaft melden muss, bin ich mit großer Wahrscheinlichkeit meinen Job los. Aber mache ich mich damit nicht zu genau so einer Frau, die ich nie sein wollte? Die sich abhängig macht von einem Mann? Die sich bindet, einzig um versorgt zu sein?

Nein, ich mache es ja nicht für mich, zumindest nicht vorrangig. Sondern für ein Kind. Sein Kind, um genau zu sein. Das Baby meines Bosses, das trotz Verbotsregel unter meinem Herzen wächst.

„Das wird alles wundervoll“, stoße ich zwischen den Zähnen vor mich hin fluchend aus und befülle die

Kannen mit heißem Wasser, um die Getränkerunde des Fluges nach Atlanta zu beginnen.

Karin arbeitet mir von der anderen Seite des Fliegers entgegen. Wir sind ausgebucht und es wird einige Zeit in Anspruch nehmen, alle Gäste zu versorgen. Lionel und Paolo bilden die Nachhut, um Baguettes zu verteilen und erste leere Becher einzusammeln.

Wir sind ein eingespieltes Team und bis jetzt verläuft der Flug bilderbuchmäßig. Das haben wir uns nach der letzten stressigen Woche auch wirklich verdient. Das hier ist der vorletzte Flug auf meiner Liste, denn mit dem Rückflug übermorgen gehe ich für zwei Wochen in die Freiheit. Etwas, auf das ich mich freue und was ich zur gleichen Zeit verabscheue. Es tut gut, auszuschlafen, andererseits lässt es zu viel Zeit zum Nachdenken.

Ich schiebe den Wagen los und widme mich meiner Aufgabe, das wird mich die nächste Stunde beschäftigen und somit meine Nervenbahnen etwas entlasten. Während der Arbeit bleibt keine Zeit, den trübsinnigen Gedanken nachzuhängen.

Karin sieht auf und versucht mir ein aufbauendes Lächeln zuzuwerfen. Ich erwidere es, so gut es geht, und bediene die ersten Gäste.

„Einen angenehmen Flug“, wünsche ich und widme mich den darauffolgenden Sitzreihen.

Wann immer ich Karin ansehe, kreisen meine Gedanken erneut um ihr Geständnis. Der Zufall hat uns hart getroffen.

Wie durch Magie teilt sie meinen Zustand, denn ihr kleines Abenteuer im Hotel mit dem italienischen

Angestellten hat Spuren hinterlassen. Zu Beginn dachte sie, ich scherze und will sie auf den Arm nehmen, um sie aufzuheitern. Bis sie die Tränen meiner Verzweiflung gesehen hat. Montag habe ich einen Termin beim Frauenarzt für meinen ersten Ultraschall, seitdem derjenige zur Abklärung der bestehenden Schwangerschaft stattfand. Dort konnte man offen gestanden nicht viel sehen. Für mich glich es einem Ameisenhaufen. Kleine weiße und dunkle Punkte, die sich zwischendurch auf dem Bildschirm verschoben haben. Was ich jedoch erkennen konnte, war der pulsierende Punkt, der nicht größer als eine Stecknadel erschien und es laut Arzt auch nicht ist. Zumindest bislang nicht, denn seiner Aussage nach wird dies einmal das komplette Herz meines Kindes.

Es ist beängstigend und erfüllend zur gleichen Zeit. Mein Körper formt einen Menschen, lässt ihn heranwachsen, versorgt ihn und passt auf ihn auf. Dieser Mensch wird später in der Lage sein zu denken, zu fühlen, diesen geformten Körper zu benutzen. Jeder von uns war einmal so ein winziger Punkt, nichts weiter als eine Mischung aus Körperflüssigkeiten. Ich bin immer noch fasziniert und geschockt. Und vor allem immer noch unsicher, ob ich es dem werdenden Vater mitteilen soll. Natürlich, aber ich meine, wie und vor allem wann.

„Hast du noch Wasser?", fragt Karin und ich blicke überrascht auf. Wir stehen uns mit den Wagen fast gegenüber.

Ich habe mich so in meine gedanklichen Selbstgespräche vertieft, dass ich nicht mitbekommen habe, wie weit ich bin.

„Alles okay, Lou?“

„Ja, alles gut. Ich war in Gedanken.“

„Wieder Sodbrennen?“

„Nein, zum Glück nicht“, antworte ich mit einem Lächeln und schaue sie mitfühlend an. Denn sie leidet zurzeit sehr darunter.

„Hast du es mit der Pfefferminzschokolade versucht?“, frage ich und schiebe meine Finger in die schmale Tasche der Uniform, um einen Riegel hervorzuzaubern. Sie greift dankbar danach und nickt.

„Ja, in der Tat hilft es. Aber wie es immer so ist, habe ich sie zu Hause vergessen.“

„Ach, sei ehrlich, du willst nur sparen“, ziehe ich sie auf und schaffe es damit zumindest, ein sanftes Lächeln auf ihr Gesicht zu zaubern.

„Worüber hast du nachgedacht?“

„Wie ich es ihm sagen soll.“

„Ich weiß ja nicht, wer er ist, aber wenn er sich nicht freut, ist er ein Idiot.“

„Und was ist mit dir und deinem Italiener?“

„Er hat das Hotel gewechselt, ich versuche noch herauszufinden, wohin.“

„Das ist nicht dein Ernst, wie schrecklich.“

„Besser als nicht zu wissen, wer der Vater ist“, raunt sie und ich zucke schuldbewusst zusammen, denn das ist es, was sie denkt. Dass ich nicht weiß, wer der Vater ist.

Ein Ruck lässt die gesamte Maschine erzittern. So etwas habe ich in all meiner beruflichen Laufbahn bis jetzt nicht gefühlt. Ich werfe Karin einen fragenden Blick zu und versuche eine neutrale Miene aufrechtzuerhalten, um den Fluggästen keine Angst zu machen. Egal, was geschieht, Panik ist immer das Letzte, was ausbrechen sollte.

„Ich bringe mal den Wagen zurück“, erklärt sie und geht schnellen, aber angemessenen Schrittes zum Cockpit. Mit dem eigenen Wagen bewaffnet, eile ich meinen Gang zurück in die Küche und greife zum Bordtelefon. Ehe ich wählen kann, kommt schon Lionel zu mir herein. Sein Gesicht ist aschfahl.

„Was war das?“

„Wir haben einen Triebwerkausfall.“

„Aber das hatten wir schon öfter, es hat sich noch nie so angefühlt.“

„Da muss etwas Großes hineingeflogen sein.“

„Und nun?“

„Der Kapitän versucht sie zu starten, aber es tut sich nichts.“

Ich spüre, wie sich in meinem Magen ein nervöser Knoten zusammenzieht. Keine Ahnung, ob es an der Schwangerschaft liegt oder einfach an dem merkwürdigen Ruck, der durch das Flugzeug ging. Aber irgendwas erscheint mir hierbei anders.

Das Telefon läutet und ich nehme den Anruf entgegen.

„Ja?“

Es ist Karin, die ebenso besorgt klingt, wie ich mich fühle. Ich höre ihr zu und lege auf, mein Blick haftet auf Lionel.

„Wie schlimm ist es?“

„Schlimmer“, hauche ich, denn das Triebwerk ist unser kleinstes Problem. Wir befinden uns direkt über einem Sturmtief. Ohne Triebwerk werden wir hineintreiben und kaum gegensteuern können. Doch das größte Problem an der Sache ist, dass wir jegliche Funkverbindung zum Tower verloren haben.

„Meine Damen und Herren, bitte nehmen Sie Ihre Plätze ein und schließen Sie die Sicherheitsgurte, klappen Sie die Tische hinauf. Wir befinden uns direkt über einem Sturmtief und müssen mit starken Turbulenzen rechnen …“, erklingt die Durchsage des Co-Piloten.

„Alles klar, wir schaffen das. Es ist schon öfter vorgekommen. Denk an die letzte Übung.“

„Das war eine Übung, Lionel, im Hallenbad. Der Ozean unter uns hat Minusgrade. Niemand von uns wird das überleben. Keiner wird uns so schnell suchen oder finden.“

„Sei nicht so pessimistisch, ich bin wirklich überzeugt, dass alles gut wird.“

„Dein Wort in Gottes Ohr.“

„Hey, Lou“, raunt er und ergreift mein Kinn. „Der Herr gibt dir und Karin nicht zwei wundervolle Geschöpfe, um sie euch dann so zu nehmen.“

Ich spüre, wie mir die Tränen in die Augen steigen, und nicke, atme tief durch und spanne die Schultern an.

„Alles klar, lass uns schauen, dass alle auf ihren Plätzen und in sicheren Positionen sind.“

Er zwinkert mir zu und eilt vor mir hinaus. Ich nehme zuerst den kleinen Gang ganz nach hinten und gehe dann den anderen entgegen. Die Passagiere wirken bis jetzt noch entspannt. Ein Umstand, der unserer Ausstrahlung zu verdanken ist. Solange wir Ruhe widerspiegeln, wird sich diese auch halten.

Hinter uns weint eines der jüngeren Kinder auf dem Flug, ich sehe es kurz mit einem Lächeln an und schicke ein stilles Stoßgebet zum Himmel. Wir haben noch so viel vor. Noch so viel zu erledigen und erst in Momenten wie diesen wird uns erneut bewusst, was wir eigentlich täglich alles vor uns herschieben.

Ich verspüre das plötzliche Bedürfnis, Daniel von dem kleinen Wunder zu erzählen. Für einige dämliche Sekunden wünsche ich mir sogar, seine dumme Idee angenommen zu haben. Denn dann wäre ich jetzt nicht hier, sondern würde wahrscheinlich irgendwo auf der Couch liegen. Vielleicht sogar, um erste Inspirationen für Babysachen zu suchen. Verflucht, wir müssen es schaffen.

Ein erneuter Ruck geht durch den Flieger, einige keuchen entsetzt auf und aus den ersten Reihen erklingt panisches Geschrei. Wir eilen darauf zu, doch nichts und niemand macht uns auf den plötzlichen Stromausfall gefasst, mit dem sich auch das letzte Licht verabschiedet. Die Wegweiser zu den Notausgängen leuchten auf und die Schreie nehmen eine neue Intensität an.

„Ganz ruhig, meine Damen und Herren, die Triebwerke haben kleine Probleme, gegen den Sturm zu arbeiten. Es wird in wenigen Sekunden wieder Licht da sein“, erklingt Paolos Stimme und ich fluche still vor mich hin, immer noch hinter Lionel auf dem Gang gefangen.

„Wie kann er so etwas Dummes sagen, wo keiner von uns weiß, was genau geschieht?"

„Du weißt doch, wie er ist, immer Optimist."

„Klar, bis Panik ausbricht, weil es einem oder zwei der Gäste zu lange vorkommt", zische ich.

Wir kommen bei ihm und Karin an, ich umfasse ihre zitternden Finger und sehe sie eindringlich im Schein der Notbeleuchtung an.

„Alles wird gut", raune ich und sie schüttelt den Kopf.

„Ich war im Cockpit, Lou, es wird nichts gut. Ich habe noch nie erlebt, dass sie so angespannt sind."

Ich löse mich von ihr und strebe genau dieses Ziel an. Das Cockpit. Ich muss wissen, was hier los ist. Mit dem speziellen Code lässt sich die Tür auch bei Stromausfall öffnen. Ich warte, bis die Entriegelung zu hören ist, und schlüpfe hinein.

„Wie sieht es hier aus?"

Meine Frage hallt durch den Raum, das Licht geht an und die Passagiere applaudieren. Zumindest geht eine Seite der Triebwerke wieder. Den wenigsten Menschen ist bewusst, dass ein Flugzeug nur zugelassen wird, wenn es auch mit einem einzigen Triebwerk landen und vor allem abheben und fliegen kann. Was jedoch mehr Sorge bereitet, ist das Problem mit dem Funkverkehr.

„Die Messinstrumente spielen verrückt. Wir haben keinen Überblick, wohin uns der Sturm abtreibt, und werden nach Sicht fliegen und landen müssen."

„Warum landen wir?", frage ich, denn der Flieger könnte seine Reise so weit wie möglich fortsetzen.

„Vor dem Ausfall der Instrumente zeigte uns das Cockpit an, dass wir Treibstoff verlieren. Es ist zu riskant, solange wir nicht wissen, wie viel."

Ich schnaufe gegen die aufsteigende Panik. Das ist alles noch vertretbar. Wir werden einen Weg finden. Wir sind alle erprobt und schon länger im Geschäft.

„Wie stehen die Chancen, die Funkverbindung wieder herzustellen?"

Der Co-Pilot wirft mir einen Blick zu und schüttelt den Kopf. Dann bleibt nur zu hoffen, dass wir in der Nähe einer Stadt hinuntergehen.

Ich will genau in dem Moment aus dem Cockpit hinausgehen, in dem hinter mir Glas splittert und der Co-Pilot aufschreit. Das Blut gefriert mir in den Adern, während ich mich herumdrehe, um zu schauen, was geschehen ist.

Allein aus dem Augenwinkel bemerke ich schon in der Drehung genug Blut, um für einen Moment die Augen zusammenzukneifen und mich zu sammeln.

„Louisa, komm hier rüber", brüllt unser Pilot und ich stolpere blindlings los. Der sich mir bietende Anblick lässt all meine Hoffnung fahren.

„Was muss ich tun?"

„Teste das Funkgerät erneut! Und dann nimm seinen Platz ein, du musst mir helfen, die Maschine zu landen."

„Ich?", kreische ich panisch und überlege, wie ich ihn davon überzeugen kann, besser Paolo oder Lionel zu nehmen.

„Setz dich!" Ich warte genau so lange, bis der Co-Pilot vom Stuhl gerutscht ist. Er blutet immer noch stark, eine der Glasscherben des seitlichen Cockpitfensters ist tief in seine Schulter eingedrungen.

„Du musst mir genau zuhören."

„Ich kann das nicht, wir sehen doch gar nichts", brülle ich über das wütende Pfeifen des Windes hinweg.

Die Tür hinter mir öffnet sich, was den entstehenden Kabinendruck noch verstärkt. Paolo kommt herein, in seiner Hand hat er eine dicke Plastikfolie. Hinter ihm stolpert Lionel herein ins Cockpit. Sie versuchen das Leck zu schließen. Gleichzeitig ziehen sie den Co-Piloten hinaus.

„Wo bringt ihr ihn hin?", frage ich verwirrt.

„Wir haben gesehen, was passiert ist, als du rauswolltest, starke Aktion, zurückzugehen", lobt Paolo und ich verkneife mir, ihm zu sagen, dass es eher ein Stolpern als ein bewusster Schritt war.

„Also hat Karin nach einem Arzt gesucht …", erklärt er weiter und Lionel klebt die letzte Seite ab.

Es ist sofort spürbar wärmer in der Kabine, was leider nicht unser Hauptproblem löst.

„Was zur Hölle ist gegen das Fenster geflogen?", fragt Lionel.

„Ein dicker Eisbrocken, abgelöst vom Triebwerk wahrscheinlich", zischt der Pilot und gibt mir weitere Anweisungen. „Sorgt dafür, dass alle ihre Plätze einnehmen, wir haben eine Notlandung. Jetzt!"

Kapitel 14

DANIEL

Hoffnung kennt keine Grenzen, es sei denn, wir setzen sie uns selbst.

Mein Vater läuft unruhig im Büro herum und ich tue es ihm gleich. Neben dem Verfolgen der Nachrichten im Fernsehen bedienen wir abwechselnd die Telefone. Der Suchtrupp ist endlich so weit, hinauszufahren und sich die gemeldeten Objekte anzusehen. Meine gesamte Hoffnung ruht darauf, dass es sich nicht um Einzelteile unserer Maschine handelt.

„Daniel, es wird alles gut werden." Eli tritt neben mich, ihre Hand legt sich beruhigend auf meinen Oberarm.

„Warum, Eli? Ich verstehe es nicht. Wieso all das?"

„Manchmal sehen wir den Grund nicht sofort, aber es gibt immer einen. Das weißt du doch."

„Sie sind draußen", ruft Vater uns zu und wir eilen beide zu ihm hinüber. Er steht mit dem Telefon am Ohr an den Schreibtisch gelehnt und wartet. Ich greife auf die Tastatur des Telefons und drücke die Lautsprechertaste. Neben den Geräuschen des Sturms sind weitere Stimmen zu vernehmen. Sie sind zu leise, um wirklich etwas zu verstehen.

Mein Geduldsfaden ist zum Zerreißen gespannt. Ich bin bereit, die Welt aus ihren Angeln zu heben, wenn ich dafür Louisa wiederbekomme. Oder die Chance, sie für mich zu gewinnen. Da fällt mir erneut ein, dass ich immer noch die Bestätigung aus der Arztpraxis brauche, um den Fall abzuheften, ehe das Gesundheitsamt mir aufs Dach steigt. Keine Ahnung, wie ich es in dieser Minute schaffe, daran zu denken, aber zumindest lenkt es mich ab. Ich hole das Smartphone heraus und ziehe den Zettel mit der Nummer vom Schreibtisch. Dann rufe ich in der Hausarztpraxis an, die sich zum Glück Louisa und Karin teilen.

„Hallo, hier ist …“, erkläre ich und warte.

„Wir faxen Ihnen die Papiere durch, alles Weitere klärt ja dann der Gynäkologe mit Ihnen“, erklärt die freundliche Dame am Telefon und ich benötige ein paar Sekunden, um wirklich zu begreifen, was sie sagt.

„Der Gynäkologe?“

„Wir dürfen leider seit diesem Jahr keine Berufsunfähigkeit mehr bescheinigen. Das muss der Kollege aus der jeweiligen Sparte tun.“

„Bei Magen und Darm sollte das nicht der Gynäkologe sein?“, frage ich nur, um ganz sicherzugehen. Immerhin habe ich eine Schwester, Freundinnen und eine Mutter. Keine von ihnen ist dafür dorthin außer …

„Oh, verzeihen Sie, ich sende Ihnen die Unterlagen zügig zu. Alles Weitere müssen Sie mit Ihren Mitarbeiterinnen klären“, weicht sie aus und beendet das Gespräch.

„Was ist?“, fragt Eli.

„Wir haben wohl eine schwangere Mitarbeiterin“, erkläre ich, immer noch verwundert, nichts von dieser Nachricht gehört zu haben. Immerhin besteht bei uns die sofortige Möglichkeit eines Berufsverbotes, bei dem das Gehalt bis zur Geburt weitergezahlt wird. Warum sollte sich jemand so etwas entgehen lassen?

„Sie haben Bruchstücke gefunden, diese deuten jedoch nicht auf unsere Maschine hin.“

Die Stimme unseres Vaters schlägt in meinem Kopf wie eine Bombe ein. Mein Unterbewusstsein registriert schneller, was seine Worte bedeuten, als mein Gehirn. Eli stößt ein erleichtertes Quietschen aus und eilt zu ihm, um ihn zu umarmen. Ich schließe mich ihr an und gemeinsam atmen wir tief durch. Das klärt aber bis jetzt nicht die Frage, wo unser Flugzeug ist.

„Ich werde Aufklärungsjets anfordern. Sie sollen die komplette Strecke abfliegen. Womöglich sind sie abgekommen vom Kurs.“

„Und dann? Ins falsche Land geflogen?“, fragt Eli und runzelt die Stirn.

„Notgelandet, abgestürzt, aber nicht über Wasser, noch in der Luft, aber ohne Orientierung …“, beginne ich aufzuzählen, doch Vater unterbricht uns.

„Wichtig ist vorwiegend eines. Sie sind nicht dort abgestürzt und es besteht weiterhin Hoffnung. Du kümmerst dich um die Suche, Eli, und ich übernehme die Familien.“

Ich nicke ihm dankbar zu und eile hinaus zum Büro der Luftfahrtbehörde. Ich benötige mehrere Sondergenehmigungen.

Kurz darauf und eine ganze Stange Bares weniger habe ich die nötigen Unterlagen und kann die Jets steigen lassen. Die ersten fliegen bereits los, ich habe mich dazu entschlossen, mitzufliegen und mir selbst einen Überblick zu verschaffen. Hier zu sitzen und zu warten macht mich noch wahnsinnig. Nicht, dass es dafür viel bräuchte. Mein momentaner Geisteszustand ist ohnehin nicht der beste. Der Pilot übergibt mir einen der Helme und weist mich ein, ihn zu nutzen. Nachdem wir sitzen und die Starterlaubnis erteilt ist, hebt er ab. Es ist ein Unterschied zwischen einem Jet und einem Flugzeug, so viel war mir klar, was mir nicht klar war, ist der wirkliche Unterschied. Es fühlt sich an, als würden meine Lungen aus den Schulterblättern herauskommen. In meinen Nebenhöhlen bildet sich ein unfassbarer Druck. Ich schlucke mehrmals und gebe mir Mühe, diesen auszugleichen.

„Alles klar da hinten?“, erklingt die Stimme des Piloten klar und deutlich durch die Kopfhörer im Helm.

„Natürlich.“

„Die Soundqualität ist hervorragend. Ich kann also jedes Schnaufen, Schlucken oder Aufstoßen wahrnehmen. Der Jet ist nagelneu, kotz mir nur nicht rein“, murrt er und ich stoße ein trockenes Lachen aus. Wenigstens ist er ehrlich.

„Habe ich nicht vor.“

„Das haben die wenigsten.“

Wir fliegen im Abstand von mehreren Meilen die eigentliche Flugstrecke entlang, auf der Suche nach einem Anhaltspunkt, wo sie sich befinden könnten oder was geschehen ist.

Eli und mein Vater besetzen die Leitung im Büro, falls vorher eine Meldung hereinkommt und der Flug auftaucht oder das Flugzeug gesichtet wird. Es ist also alles, was in unserer Macht steht, für den Moment getan und doch fühlt es sich so an, als wäre es nicht genug. Ich habe das Gefühl, als müsse ich mehr tun.

Auch nach der zweiten Runde ist nichts zu erkennen und meine Hoffnung sinkt. Dieser riesige Vogel kann doch nicht einfach spurlos vom Himmel fallen.

„Wir müssen bald umdrehen und auftanken", erklärt der Pilot.

„Natürlich."

„Es wird zu dunkel, um noch viel zu erkennen, aber mit den Nachtsichtgeräten sollten noch ein paar Runden drin sein, bis der freigegebene Umkreis abgeflogen ist."

„Wie viel kostet es extra, die gesamte Nacht durchzufliegen?"

„Sir, bei allem Respekt, es ist nicht das Geld allein. Selbst mit den Genehmigungen wird es nicht viel bringen, eine bereits geflogene Strecke erneut abzufliegen. Das Flugzeug wird nicht rückwärts fliegen."

Ich will etwas erwidern und ihn zurechtweisen, dass mir dies sehr wohl bewusst ist, als mir ein Licht mitten in einer kleinen Baumansammlung in Greenville auffällt.

„Was ist das?", frage ich und deute auf den Lichtpunkt.

„Das ist außerhalb der Route", wirft er ein.

„Das ist mir egal, können Sie tiefer gehen?"

„Ich muss mir eine Genehmigung …", beginnt er und senkt dennoch den Jet ab.

Je tiefer wir kommen, umso mehr wird ersichtlich, dass wir gefunden haben, weswegen wir hier sind. Er macht eine Durchsage mit den Koordinaten, fordert Verstärkung sowie Bodentrupps an und wechselt die Richtung.

„Was machen Sie?“, brülle ich ungehalten los.

„Wir benötigen einen Ort zum Landen, Sir.“

Natürlich, er hat recht, aber ich habe bisher nicht erkannt, in welchem Zustand das Flugzeug wirklich ist, geschweige denn, ob sich dort Menschen bewegen. Neben uns zischt etwas durch die Nacht und explodiert hell am Himmel. Mein Herz explodiert mit dem Signal der Leuchtrakete, denn wer auch immer sie abgefeuert hat, ist am Leben und wenn es einer geschafft hat, dann vielleicht auch mehr. Dann vielleicht auch Louisa.

Es dauert eine gefühlte Ewigkeit, bis er endlich einen Platz zum Heruntergehen gefunden hat. Die Entfernung ist zu groß, um die Stelle schnell erreichen zu können.

„Der Bodentrupp sammelt sie hier ein, Sir.“

„Wie lange werden sie brauchen?“

„Circa zehn Minuten, wir mussten ein gutes Stück zurücklegen für eine sichere Landung.“

„Vielen Dank.“

Ich springe hinaus, drücke ihm den Helm in die Hand und gehe dem Trupp entgegen. Als ich endlich das Aufheulen eines Motors vernehme und kurz darauf ein Jeep der Feuerwehr vor mir auftaucht, kann mich nichts mehr halten.

Kapitel 15

LOUISA

Du wächst mit deinen Aufgaben und manchmal überraschst du dich dabei selbst mit ungekannten Talenten.

Das Adrenalin rauscht immer noch durch meinen Körper. Ich versuche mehrere Taschenlampen zu verteilen, um zumindest etwas Licht und einen Überblick zu erhalten. Karin geht neben mir her und verteilt Decken.

„Ich kann nicht glauben, dass wir abgestürzt sind …“, keuche ich.

„Ich kann nicht glauben, dass du wirklich dieses riesengroße Teil gelandet hast.“

„Na komm, das meiste hat zum Glück unser Pilot gemacht, ich hätte das nicht gekonnt.“

„Der arme Jackson“, flüstert Karin und überreicht eine weitere Decke. Unseren Co-Piloten hat es übel erwischt und ohne den Arzt an Bord wäre die ganze Sache wohl schlechter ausgegangen. Dagegen sind unsere paar Schrammen so gut wie nichts, wobei ich immer noch große Sorge um das Baby habe. Wir wurden ordentlich in die Gurte gepresst.

Der Aufprall war hart und auch die Erschütterung, bis das Flugzeug endlich stand, war mehr als genug, um so ein sensibles Geschöpf vielleicht schädigen zu können.

„Ist alles okay?“

„Ich hoffe, es wird bald alles okay sein“, hauche ich und überreiche die letzte Taschenlampe.

Mehrere Passagiere haben leichte Verletzungen davongetragen. Unser Pilot versucht immer noch, mit dem Funk einen Tower zu erreichen. Der Arzt hat mit Paolos und Lionels Hilfe eine Art mobile Praxis errichtet. Alles in allem können wir nur dankbar sein, so gut daraus hervorgegangen zu sein.

„Machst du dir Sorgen wegen des Babys?“

„Wie kommst du darauf?“

„Ich kenne dich, Louisa, ich sehe, wenn dir etwas auf der Seele brennt.“

„Ja, ich denke durchgehend daran und hoffe, dass alles okay ist.“

„Das wird es sein.“

„Hast du keine Angst?“ Ich schaue sie an, denn immerhin ist sie ebenfalls schwanger. Sie schüttelt den Kopf.

„Nein, es wird sich alles fügen. Eine weise Hebamme sagte damals zu mir, vertraue deinem Kind, so wie es dir vertraut, und alles findet seinen Weg.“

„Eine Hebamme? Du hast schon ein Kind?“

Ich sehe sie überrascht an, denn das wusste ich nicht. Karin übernimmt so gut wie jede Schicht, sie ist wie ich, immer an der Arbeit.

„Nein, aber meine Schwester hat eine kleine Tochter und ich habe sie oftmals begleitet, um ihr Beistand zu leisten."

„Wie alt ist sie?"

„Das Kind oder meine Schwester?"

„Beide."

Es tut gut, kurzzeitig über etwas Schönes zu sprechen und sich daran festhalten zu können. Vor allem, während das Chaos um uns herum so langsam abebbt und Resignation in die Gesichter der Betroffenen tritt.

„Meine Schwester ist nun 37 und somit vier Jahre älter als ich. Die Kleine ist inzwischen drei und der reinste Sonnenschein. Aber sie hat es auch faustdick hinter den Ohren."

„Bei der Tante als Vorbild kein Wunder", ziehe ich sie auf und sie lacht. Es ist ein wohltuendes Geräusch zwischen all den schniefenden Passagieren.

Wir gehen zum Lager zurück und schauen, ob wir Verletzten helfen können, als sich ein tiefes Dröhnen nähert.

„Ein Jet", brüllt unser Pilot und kommt aus dem Flugzeug hinausgesprungen. In seiner Hand schwenkt er die silberne Leuchtpistole. Sie enthält Leuchtraketen, die als Signalgeber in den Himmel geschossen werden. Dort verglühen sie langsam und weisen Rettungsmannschaften den Weg. Sollte es wirklich so sein, dass uns jemand so schnell findet?

Mein Herz klopft schneller in meiner Brust, denn automatisch schiebt sich Daniels Bild vor mein inneres Auge.

Die leise Hoffnung, dass er kommt, um mich zu retten, will einfach nicht im Keim ersticken. Auch wenn ich mir selbst sage, wie lächerlich es ist. Denn seien wir ehrlich, warum sollte er mich suchen. Ich habe ihm klar und deutlich zu verstehen gegeben, dass ich nicht gewillt bin …

„Wow, da hat der Chef es aber eilig gehabt, seinen Flieger wiederzubekommen", ruft Karin und deutet auf mehrere Jets, die in bestimmtem Abstand über uns hinwegfliegen. Sie sind viel zu schnell und ich hoffe, dass sie wirklich nach uns suchen und vor allem uns auch gesehen haben.

„Ja, anscheinend", antworte ich und komme mir dumm vor, daran geglaubt zu haben, dass er meinetwegen herkommt.

Ich sehe mich um, überschaue das gesamte Ausmaß und stelle fest, dass es trotz bestem Willen immer noch wie ein Schlachtfeld aussieht.

„Sie werden einige Zeit brauchen, bis sie hier sind. Lass uns helfen und in der Zwischenzeit die Patienten einteilen."

„Du meinst nach Schweregrad?", frage ich und kämpfe mich aus der leichten depressiven Stimmung heraus.

„So wie wir es in den Übungen immer gemeistert haben, schaffen wir es auch jetzt. Wir sind ein eingespieltes Team."

Ja, da hat sie recht, das sind wir wirklich und ohne diesen Umstand hätte dieses Unglück ganz anders ausgehen können.

Angekommen bei den anderen, übernehme ich eine jüngere Frau, circa in meinem Alter. Sie hat eine Platzwunde am Kopf und der Druckverband will einfach nicht genug halten, um die Blutung zu stillen. Ich drücke darauf und schaffe es, dass die neue Kompresse sich nicht direkt erneut vollsaugt.

„Vielen Dank, wie dumm kann man auch sein."

„Ich denke nicht, dass es mit Dummheit zu tun hat", beruhige ich sie, aber sie schenkt mir einen schnaufenden Atemzug und ein schiefes Lächeln.

„Doch, leider schon."

„Wie kommen Sie darauf?"

„Ich war so verbissen in meinen Stolz, ihm zu zeigen, dass ich das alles ohne ihn kann … Dabei hätten wir keinen Streit haben müssen. Es war nicht so, dass er ihn provoziert hat. Er hat einfach nur nicht die richtigen Worte benutzt und ich war in der Stimmung, es auf die Goldwaage zu legen."

„Sie sind nicht allein gereist?", frage ich interessiert.

„Doch, das ist es ja. Ich bin in den nächsten Flieger gestiegen und wollte ihn schmoren lassen. Dabei ist es so unsinnig, ein einfaches Gespräch hätte alles klären können. Dieser Flug heute hätte mein letzter Tag auf Erden sein können."

Ich erschaudere, denn die gleichen Gedanken haben mich vor nicht einmal zehn Minuten gequält. Ich habe Daniel mies behandelt, und das ohne ersichtlichen Grund. Ja, sein Vorschlag war fragwürdig, aber wahrscheinlich hat er sich unglücklich ausgedrückt, während ich auf Konfrontationskurs war. Unsinnig und am Ende völlig umsonst.

„Ich glaube, diese Dummheit macht jeder mal“, raune ich ihr zu und sie sieht mich hoffnungsvoll an.

„Wirklich?“

„Ja, leider. Sobald wir gerettet sind oder die Handynetze wieder funktionieren, sollten Sie ihn anrufen und es erklären.“

„Das hört sich an, als hätten Sie Erfahrung damit?“, fragt sie und ich nicke traurig.

„Ja, bedauerlicherweise scheint das ein gesellschaftliches Problem zu sein. Wir sind zu schnell eingenommen von der eigenen Meinung oder Auffassung und lassen uns nichts erklären oder fragen erst gar nicht nach.“

„Werden Sie ihn anrufen?“

Ich stocke bei ihrer Frage. Sie ist berechtigt und doch habe ich keine Antwort. Ich weiß nicht, ob ich ihn anrufen werde, denn offen gestanden ist unser Fall von der Thematik her so sensibel, dass ich es eher von Angesicht zu Angesicht klären sollte. Aber dafür ist noch Zeit, so schnell werden wir uns nicht sehen. Bis hier alles geräumt ist und alle Patienten abtransportiert sind, werden ein paar Stunden vergehen. Die Crew geht immer zuletzt und somit habe ich noch angemessen Zeit, darüber nachzudenken, wie ich bei einem Aufeinandertreffen reagieren möchte.

„Ich denke, ich werde es persönlich versuchen“, erkläre ich und sie nickt.

„Ja, wahrscheinlich ist das besser, bevor wieder etwas missverstanden wird.“

Ich zwinkere ihr zu und nehme eine bequemere Position ein. Wir schweigen und jeder von uns scheint in seiner eigenen Welt gefangen, im Kampf mit Erinnerungen und dem Wissen, eine ganze Menge an Aufgaben vor sich zu haben. Dankbar, sich diesem oft selbst zugefügten Stress stellen zu müssen. Wir hätten heute alle sterben können. Es ist wie ein zweiter Geburtstag und ich weiß, dass ich dieses Leben nicht der Arbeit widmen will. Ich möchte mein Baby genießen und vielleicht endlich Zeit in eine Partnerschaft investieren. Da gibt es nur ein Problem. Egal, wann ich darüber nachdenke, ich sehe immer ihn vor mir. Den einzigen Mann auf dieser Erde, der niemals an unserer Seite sein wird. Zumindest nicht so, wie ich es benötige.

Er sucht Fake, aber ich brauche Liebe.

Er will eine Frau zum Vorzeigen, ich benötige einen Mann zum Fühlen. Ich will nichts und niemanden vorzeigen. Ich möchte einfach nur das Gefühl von Zusammenhalt und Akzeptanz. Liebe und Treue.

Kapitel 16

DANIEL

Dein Herz wird dich wissen lassen, wenn du dein Ziel erreicht hast.

Wir fahren durch das bewaldete Gebiet und alles, woran ich denken kann, ist Louisa. Die Flugschneise kommt in Sicht und es wird klar, dass der Flieger die Landung nur schwerfällig hinter sich gebracht hat. Etliche Baumkronen sind umgeknickt, ein paar dickere Bäume in der Mitte gespalten. Je näher wir kommen, umso mehr wird das Ausmaß deutlich, mit welcher Gewalt so ein riesiger Vogel vom Himmel geht.

„Das sieht schlimm aus", raune ich.

Doch der Leiter der Bodenmannschaft schüttelt den Kopf. „Nein, mein Lieber, das sieht nach einer sauberen Bruchlandung aus. Wir haben mit weit Schlimmerem gerechnet und bereits gesehen. Orte, an denen kein Leben mehr zu erwarten war."

Seine Worte rufen eine unheimlich bedrückende Stille im Wagen hervor. Es scheint, als würden alle an bestimmte Ereignisse zurückdenken, jeder an sein ganz eigenes, was sie doch alle verbindet. Zusammenhalt, Schmerz, Schrecken.

Die Scheinwerfer treffen auf eine definitiv nicht natürlich entstandene Lichtung. Dahinter kommen die ersten Metallstücke zum Vorschein. Die Tragfläche scheint abgebrochen.

„Wir müssen hier lang", erklärt er seinem Fahrer.

„Woher wissen Sie das?" Meine Frage ist rein aus Interesse.

„Weil der Anflug von hier kam, berechnet man Aufschlag, Abprall und Wind, muss das Flugzeug nach dort abgetrieben worden sein."

„Aber dort sind keine Bäume kaputt."

„Das werden sie sein, die Spitze des Flugzeugs wird sich nach dem ersten Aufprall erneut abgehoben haben.“

„Um dann direkt hier aufzuschlagen“, erklärt der Fahrer und wir halten auf eine neue Schneise zwischen den Bäumen zu. Ein schwaches Licht scheint uns entgegenzukommen. Der Fahrer beschleunigt und je näher wir kommen, umso deutlicher wird es. Ein Mann, vermutlich einer vom Personal, rennt auf uns zu. Er schwenkt eine Taschenlampe. Ich springe hinaus, sobald der Wagen steht, und renne ihm entgegen. Aus der Nähe erkenne ich, dass es sich um keinen meiner Leute handelt, durchaus aber um einen Passagier.

„Sie sind dort hinten“, ruft er aufgebracht und die Erleichterung ist ihm anzusehen.

„Gibt es Verletzte?“, fragt eine Stimme neben mir. Ich wende mich kurz dem Mann von der Feuerwehr zu und warte gespannt auf die Antwort des Passagiers.

„Wenige.“

Mein Herz pumpt mit gefühlten Doppelschlägen das Blut durch meinen Körper. Nur wenige, bei einem Flugzeugabsturz können Tote erwartet werden. Das scheint wirklich Glück im Unglück gewesen zu sein. Ich höre wie durch einen dichten Nebel, wie der Mann beginnt zu berichten, wie der Flieger abgestürzt ist.

Meine Beine setzen sich in Bewegung und noch bevor ich weiß, was ich tue, sprinte ich über den matschigen Boden. Ich verlange meinem Körper ein Höchstmaß ab, so lange, bis meine Lunge brennt und mich daran erinnert, tief durchzuatmen. Dann erreiche ich ihn endlich, den Platz, an dem sich alles abgespielt hat. Oder eher alles geendet hat. Das Flugzeug ist ein Totalschaden, die Menschen, die rund um den Ort des Geschehens verteilt sind, wirken verzweifelt und doch ist in ihren Gesichtern neben dem Schrecken auch ein gewisser Faktor Erleichterung zu sehen.

Ich schaue in die verschiedenen Gesichter, doch eigentlich interessiert mich nur eines.

Der Chef der Feuerwehr erscheint auf der rechten Seite meines Blickfeldes und strebt eine Art aufgespannte Plane an.

„Verletzte?“, fragt er und der Pilot schiebt sich ihm entgegen.

„Mehrere Verletzte.“

„Alles klar, Verletzte, die gehen können, hier rüber, alles, was schwerer verletzt ist, bleibt liegen. Schwangere und Ältere bitte nach vorn zu den Fahrzeugen.“

Und da sehe ich sie, sie ist dabei, einer jungen Frau aufzuhelfen, und begleitet sie nach vorn zu den Fahrzeugen.

Ihre Hand schützend auf einen dicken Verband auf dem Kopf der Frau gepresst. Sie hinkt leicht mit dem rechten Bein, doch das kann auch an der Fehlhaltung liegen. Ansonsten sehe ich nicht viel in der untergehenden Sonne. Mein Körper wendet sich automatisch komplett in ihre Richtung und strebt auf sie zu. Es ist mir egal, was andere denken, es ist mir egal, was sie denkt. Ich muss mich davon überzeugen, dass es ihr gut geht.

Die Männer des Bodentrupps haben sich bereits versammelt und nehmen die ersten Passagiere entgegen.

„Schwangere oder ältere Personen zuerst", erklärt der Mann und Karin taucht neben Louisa auf.

„Es geht um die junge Dame mit der Kopfwunde, sie ist schwanger. Wir werden später versorgt, wenn alle Passagiere sicher sind."

Ich erstarre mitten in der Bewegung. Mein Blick erfasst immer wieder die Szenerie vor mir. Ich betrachte jede ihrer Bewegungen, sehe, wie sie sich aufrichtet und zu mir herumdreht. Ihr Blick bohrt sich tief in meinen und hält mich gefangen. Ich setze mich in Bewegung und es scheint, als hätte meine plötzliche Bewegung sie aus ihrer Starre gerissen. Sie taumelt ein Stück vor und verdreht ihre wundervollen Augen. Dann knicken ihre Beine ein und ihr Oberkörper bewegt sich gefährlich schnell dem Boden zu.

Vier Arme greifen nach ihr und lassen sie so sanft wie möglich auf den Boden gleiten. Karin stößt einen überraschten Laut aus und geht neben ihr auf die Knie.

Sie rüttelt sie leicht an den Schultern und sieht ihr mit panischem Blick ins Gesicht.

„Lou, hörst du mich?"

Doch Louisa reagiert nicht auf ihre Ansprache. Sie wendet sich dem Mann neben ihr zu. Ich bin bestrebt, so schnell wie möglich die Szenerie zu erreichen, da öffnet Karin den Mund und lässt meine gesamte Welt gefrieren.

„Sie ist schwanger", erklärt sie und ich erstarre erneut, schüttle den Kopf, um meine Gedanken zu klären und besser hören zu können.

„Welcher Monat?"

Alles um mich herum dreht sich, das kann nicht sein.

„Ganz am Anfang“, erklärt Karin und streicht Louisa die Haare aus dem Gesicht.

„Sie wird als Erste behandelt!“, rufe ich dazwischen und schaffe es endlich, mich wieder zu bewegen.

Karin schaut überrascht auf.

„Boss“, stößt sie plötzlich aus.

„Helfen Sie den anderen, ich kümmere mich hier drum“, weise ich sie ab und sehe, wie sie mich für einen kurzen Moment mustert, ehe sie losgeht.

Meine Knie sinken auf den matschigen Boden neben Louisas Körper, ich schiebe meine Arme unter sie und hebe sie herauf. Ihr Kopf sackt schlaff an meine Brust und zusammen mit dem Herrn der Feuerwehr eile ich zu einem der Einsatzwagen.

„Wir bringen sie direkt in eine Klinik“, verlange ich und ernte dafür ein paar fragende Blicke. Aber das interessiert mich nicht. Denn das Einzige, was immer wieder durch meinen Kopf hallt, ist, dass sie schwanger ist. Louisa bekommt ein Baby und sollte ich mit meiner Einschätzung richtigliegen, ist es ebenso mein Baby.

Kapitel 17

LOUISA

Neues Leben entsteht, wenn zwei Seelen gemeinsam beschließen, das Tor zum Himmel zu öffnen.

Meine Welt dreht sich immer noch oder zumindest ist das Gefühl immer noch da, obwohl mich Dunkelheit umgibt. Es ist mehr als merkwürdig, alles, was ich will, ist, dass es stoppt. Sofort!

Meine Fingerspitzen vergraben sich in etwas Weichem. Ich denke für einen kurzen Moment, es ist meine kuschlige Lieblingsdecke, die ich sonst immer im Hotel nutze, doch das kann nicht sein. Erinnerungsfetzen ziehen durch meinen Kopf, legen sich bildlich vor mein inneres Auge. Der Absturz, meine Finger um das Leder des Hebels verkrampft. Die wütenden Flüche des Piloten. Die Schreie aus der Kabine der Passagiere. Der Strom, der immer wieder wegging. Das Piepen der Geräte, sobald der Strom zurückkehrte. Die Warntöne, ich werde sie nie wieder vergessen. Die plötzlich einsetzende Panik um das Baby. Der Versuch, einen klaren Kopf zu behalten. Die Schmerzenslaute des Co-Piloten bei jedem Rucken des Flugzeugs.

Etwas berührt mich und lässt mich in einem schwebenden Gefühl zurück. Ich bin mir nicht sicher, ob es sich besser anfühlt als zuvor. Die ganze Situation ist mehr als unangenehm. Ich fühle mich, als wäre ich kurz vor dem Aufwachen, und schaffe es doch nicht, meine Augen zu öffnen. Mein Unterbewusstsein steckt förmlich in einer Zeitschleife fest. Ein Geruch mischt sich unter meine Empfindungen, lässt meine Sinne erwachen. Ich kenne diesen Geruch. Er weckt etwas Warmes in mir, das mit jedem Pulsschlag durch meinen Körper pulsiert und mich wärmt. Ich folge diesem Gefühl, strebe ihm entgegen, will es auf keinen Fall verlieren. Es scheint mich aus meiner Ohnmacht zu führen, mich immer weiter an die Oberfläche zu tragen.

„Louisa, alles wird wieder gut."

Die Worte sind sanft wie die Flügel eines Engels, sie umgeben mich, umhüllen mich vor der Außenwelt. Ich schmiege mich an etwas Warmes, kralle meine Finger tiefer in den weichen Stoff. Die Bewegung löst eine erneute Duft-Flut aus, die meine Sinne flutet.

Endlich gelingt es mir, meine Augen zu öffnen. Zuerst nur einen Spalt, die Helligkeit lässt mich schmerzverzerrt zusammenzucken. Um ihr auszuweichen, drehe ich meinen Kopf zur Seite und vergrabe mein Gesicht.

Starke Finger schieben sich in meine Haare, streichen sie sanft zurück und massieren meine Kopfhaut.

„Pscht." Leise Laute dringen zu meinem Ohr, ihre beruhigende Wirkung lässt mich sofort entspannen.

„Louisa, kannst du mich hören?"

Eiswasser schießt durch meine Venen. Daniel. Die Erinnerung kommt zurück, er stand direkt hinter Karin, sein Blick fest auf mich gerichtet. Ich glaube, mir wird schlecht, ich winde mich aus seinem Arm, drehe den Kopf zur Seite und schaffe es gerade noch so, die Schale zu ergreifen, die mir gereicht wird.

Nachdem mein Magen sich komplett entleert hat, verspüre ich sie wieder, die Panik um mein Baby. Die Anspannung hat mich so lange auf den Beinen gehalten, bis die Helfer eintrafen. Danach war die Kraft einfach raus. Mein Körper hat nicht mehr mit meinem Willen harmoniert und mich einfach im Stich gelassen. Ich bin zusammengeklappt wie ein faltbarer Stuhl.

Jetzt wünsche ich mir, dass die Dunkelheit mich zurückholt, damit ich ihm nicht ausgeliefert bin. Denn alles, was ich möchte, ist, dass sich seine Arme enger um mich schließen und mich wie ein kleines Kind hin und her wiegen. Ich will seinen Duft und die Wärme seines Körpers nicht verlieren. Automatisch verkrampfen sich meine Fingerspitzen tiefer in seinem Pullover.

„Lou", flüstert er und ich höre die Besorgnis in seiner Stimme. Doch ein flüchtiger Blick in sein Gesicht zeigt mir neben der Sorge etwas ganz anderes. Er betrachtet mich argwöhnisch.

Ich schaue mich genauer um und stelle fest, dass wir in einem Krankenhaus sind. Oder zumindest einer ärztlichen Einrichtung, den Geräten nach zu urteilen.

Oh mein Gott, was, wenn sie ihm vom Baby erzählt haben.

Meine Fingerspitzen gleiten von seinem Pullover zu meiner Uniform, fahren über den breiten Bund des Rocks, in dem keine Bluse mehr steckt. Sie hängt locker heraus.

Er erhebt sich, lässt mich leicht auf die Seite kippen und legt mich auf der breiten Matte der Untersuchungsliege ab. Sofort frisst sich die Kälte des Lederbezuges durch mich hindurch.

„Wann wolltest du es mir sagen?"

Seine Frage ist berechtigt und offenbart, dass es mein Schrecken ebenfalls war. Denn sie kann nur eines bedeuten, er weiß es. Ich schaue an die Wand, versuche so lange wie möglich eine Antwort hinauszuzögern. Er wird mir nicht alle Zeit der Welt lassen, ich sehe das ungeduldige Zucken seines Zeigefingers aus dem Augenwinkel. Etwas, das mir schon bei der Ansprache an das Kollegium aufgefallen ist.

„Rede mit mir."

Sein Unterton nimmt eine ungehaltene Spur an. Nervosität mischt sich mit erneuter Übelkeit. Dennoch fasse ich all meinen Mut zusammen und sehe ihn an. Sein Blick sucht meinen, die harten Linien um seinen Mund werden weicher, erinnern mich kurzzeitig an das sanfte Gefühl seines Kusses. Es war nur ein einziges Mal und doch hat er sich tief in mein Gedächtnis gebrannt. Und nicht nur da, immerhin trage ich nun ein Baby in mir. Aber das hatte weniger mit dem Kuss zu tun als mit der puren Lust, die mich dabei befallen hat.

„Ich wollte es dir sagen, wenn ich einige Tage frei habe."

„Und …“, beginnt er und ich unterbreche ihn.

„Und dann stürzte das Flugzeug ab und ich hätte fast nie die Chance dazu gehabt. Weder es dir zu sagen, noch es zu erleben. Und egal, was du darüber denkst oder sagst, ich will dieses Baby!“

„Aber wie willst du das alles machen?“

Meine Lippen verkrampfen sich, weigern sich, die Worte hinauszulassen, die mir auf der Zungenspitze liegen. Denn für eine Sekunde will ich darauf hinweisen, dass er mir vor kurzer Zeit ein Angebot gemacht hat, das all meine Probleme lösen kann.

Es scheint, als denke er an das Gleiche, denn er beugt sich vor und raunt mir leise ins Ohr. „Bedenke meine Worte, kleine Louisa. Ich werde den Arzt wissen lassen, dass du wach bist.“

Er dreht sich herum und marschiert aus dem Raum. Ich warte, bis sich die Tür hinter ihm geschlossen hat, und stoße die angehaltene Luft aus. Was soll ich nur tun? Lange Zeit zum Nachdenken bleibt mir nicht, da öffnet sich die Tür erneut und eine Schwester sowie ein Arzt betreten den Raum. Sie klären mich darüber auf, dass es lediglich die Erschöpfung und der Stress waren, die meinen Körper dahingerafft haben. Leichtere Schnittverletzungen und ein paar Hautabschürfungen. Mein Knöchel hingegen ist stark geprellt und sollte ein paar Tage ruhig gehalten werden. Dem Baby geht es perfekt. Das ist das Einzige, was mich wirklich interessiert. Das Baby, ich musste es hören, am liebsten würde ich es sehen.

„Haben Sie es gesehen?“, frage ich und der Arzt schaut von seiner Akte auf.

„Oh natürlich, hier.“

Er überreicht mir ein Ultraschallbild und zu meiner Verwunderung sind diesmal sogar kleine Kugeln an der größeren Rundung zu erkennen.

„Was ist das?“

„Dort bilden sich Arme und Beine sowie der Kopf“, lässt die Schwester mich wissen und ich starre ehrfürchtig auf das Bild zwischen meinen Fingern.

„Wir haben bereits mit Ihrem Verlobten gesprochen …“, beginnt der Arzt und ich spüre, wie mein Magen sich zu einem Stein verkrampft, während mein Herz wild in meiner Brust losgaloppiert. „Dadurch, dass Sie nicht allein zu Hause sein werden und er für einen problemlosen Transport garantieren kann, können Sie, sobald Sie sich bereit fühlen, die Klinik verlassen.“

Ich bin froh, die Klinik verlassen zu können, doch die Umstände, die dazu führen, haben definitiv Klärungsbedarf. Doch sie können warten, zumindest, bis ich hier draußen bin.

„Wir sagen Ihrem Verlobten Bescheid, dass Sie so weit sind, und fertigen die Papiere aus.“

Ich nicke dankbar und richte mich ein Stück auf. Dann schiebe ich die Beine von der Liege und versuche meine Füße aufzustellen. Wo sind meine Schuhe? Allein die kleinste Belastung auf dem Gelenk genügt, um mich den Atem anhalten zu lassen. Verdammt, tut das weh.

Sie haben wohl recht, ich muss mich gedulden und ein paar Tage Ruhe halten. Aber wie soll ich das tun, wo mein Instinkt nach Flucht schreit?

Daniel kommt herein, er trägt frische Kleidung und Waschsachen sowie eine Zahnbürste mit sich und erst jetzt wird mir bewusst, wie viel ich allein für diese geben würde.

„Ich weiß, es ist nicht Gucci, aber es ist zumindest frisch und sauber. Vielleicht auch wärmer und bequemer, immerhin solltest du dich nicht zusätzlich der Gefahr einer weiteren Unterkühlung aussetzen."

„Warum tust du das alles?"

„Was meinst du?"

„Warum bist du so freundlich?"

„Weil du meine Verlobte bist", erklärt er trocken, als wäre es eine beschlossene Sache.

„Darüber reden wir noch", knurre ich und nehme dennoch die Sachen dankbar entgegen.

„Wo sind meine Schuhe?"

„Das ist eine interessante Frage, ich werde dir neue besorgen."

„Ich kann meine alten Schuhe …"

„Mit diesem Knöchel nicht tragen", grollt er und verstärkt den Eindruck, dass er sehr genau weiß, wo sich meine Schuhe befinden.

Er lässt sein Smartphone in der Hand erscheinen und tippt etwas darauf, dann steckt er es ein und setzt sich auf einen der hart wirkenden Plastikstühle, die unter seinem Körper fast gänzlich verschwinden und wie Puppenhausmöbel aussehen.

„Ich gehe ins Badezimmer“, erkläre ich und er erhebt sich. Ich sehe ihn fragend an, bis mir mein Knöchel wieder einfällt.

Vorsichtig schiebe ich meine Kehrseite von der Matratze und bin froh, dass er genau dort steht, denn mein Knöchel ist alles andere als belastbar. Er tut wirklich höllisch weh und der Schmerz lässt kleine helle Punkte vor meinen Augen tanzen.

Seine Finger schließen sich um meinen Oberarm, sein Daumen vollführt sanfte kreisende Bewegungen auf der Innenseite und schickt kleine wohlige Schauer über mich hinweg. Sie schaffen es fast, von dem Schmerz in meinem Fuß abzulenken. Leider nur fast.

„Geht es?“

„Offen gestanden, getragen wäre einfacher.“

„Ich habe gehofft, dass du das sagst.“

Bevor ich fragen kann, was er meint, befindet sich mein Körper in schwebender Freiheit. Mein Oberkörper gleitet gegen seinen und meine Arme schlingen sich automatisch um seinen Hals. Es ist, als hätten wir das schon hundertmal gemacht, als wären wir ein eingespieltes Team. Als würden sich unsere Körper daran erinnern, wie es ich angefühlt hat, vereint zu sein.

„Daniel“, schimpfe ich einfach des Anstandes wegen, doch er schmunzelt nur und öffnet mit seinem Fuß die angelehnte Tür zum Badezimmer. Dort setzt er mich auf einem Plastikhocker ab und geht in den Raum zurück, um die Sachen zu holen.

„Du kannst dir eine Dusche gönnen oder bis zu Hause warten. Ich werde vor der Tür sein.“

Er verschwindet, ohne mich noch einmal anzusehen, und ich bin dankbar, denn zugegebenermaßen ist es mir mehr als unangenehm, so auf Hilfe angewiesen zu sein.

Auch der Umstand, dass er es Zuhause genannt hat, lässt mich nicht wirklich beruhigt zurück. Wir müssen das klären, er kann nicht einfach bestimmen. Ich schaue die Dusche prüfend an und beschließe, dass ich sie benötige. Wenn ich mich schon auf komplett fremdes Terrain begebe, dann zumindest sauber.

Das Ausziehen funktioniert mit weniger Reibung als gedacht und der Plastikhocker ist schnell in die Duschkabine geschoben, die anscheinend gezielt für solche Zwecke in den Raum gemauert wurde. Somit steht dem nichts mehr im Wege und wenige Sekunden später rinnt das warme Wasser angenehm über mich hinweg, lockert meine Muskeln und lässt mich zwei Sekunden die Außenwelt vergessen. Alles, was ich fühle, ist mein eigener Körper. Ich erlaube mir, den Schrecken zu verspüren, ihn zu verarbeiten und den Stolz wahrzunehmen, nicht aufgegeben zu haben. Ich gebe mich der Empfindung hin, mein kleines Wunder unter dem Herzen zu tragen, und nehme selbst das leichte Brennen der offenen Hautstellen als angenehm und natürlich wahr. Akzeptiere es als das, was es ist, ein Teil dieser Zeit. Etwas, das verheilen wird.

„Alles gut da drinnen?“, erklingt seine Stimme durch das Türblatt und das Rauschen des Wassers hindurch.

„Alles bestens“, rufe ich zurück und fühle, dass es zumindest für diesen Moment stimmt.

Zehn Minuten später bin ich eingecremt, habe meine Zähne geputzt, meine Haare gekämmt und frische Kleidung an. Nun kann ich mich der Welt stellen. Zumindest fühle ich mich nicht mehr nackt und ausgeliefert.

Kapitel 18

DANIEL

Der Ort, der sich wie dein Zuhause anfühlt, kann überall sein, denn es sind die Menschen, mit denen du diesen teilst, die ihn zu dem machen, was er ist.

Sie sitzt neben mir im Taxi und schaut aus dem Fenster. Ihre feuchten Haarsträhnen hängen ihr lose ins Gesicht und es juckt mir in den Fingern, sie zu umfassen, herauszufinden, ob sie sich genauso seidig anfühlen, wie sie aussehen. Voller Ehrfurcht starre ich auf die Frau, die mein Kind unter dem Herzen trägt. Es ist unglaublich und ich weiß, dass es unmöglich ist, aber dennoch bilde ich mir ein, bereits etwas zu sehen. Eine kleine Wölbung, vielleicht der sanfte Ansatz einer kleinen …

„Du starrst mich an", raunt sie und hält ihren Blick weiterhin aus dem Fenster gerichtet.

„Du bist das Schönste, was ich je gesehen habe."

„Dann tust du mir leid."

„Was?", frage ich verwirrt.

„Es gibt tausend schönere Dinge zu sehen als mich", seufzt sie und reibt sich mit Daumen und Zeigefinger über die Stirn.

„Du meinst, du weißt nicht, wie wunderschön du bist?", verlange ich zu wissen.

„Boss, ich weiß sehr wohl, wie ich aussehe, hauptsächlich in diesem Moment."

„Aber du scheinst keine Ahnung zu haben, was wahre Schönheit bedeutet."

„Was bedeutet sie denn?"

„Dass das Herz des Betrachters vor Glück überquillt."

„Wow, Poesie als Wahlfach in der Schule gehabt?"

„Nein, auf mein Herz gehört, seit ich dich getroffen habe."

Ich schnaufe genervt. Er schmunzelt und schüttelt den Kopf, seinen Blick liebevoll, fast zärtlich auf mich gerichtet.

„Ich habe dich gesehen und wusste sofort, was ich will."

„Das hast du nicht nur gewusst, sondern deutlich gezeigt."

„Was ist dann das Problem?"

„Dass es ein One-Night-Stand sein sollte."

Nun ist an ihm, zu schnaufen und mich belustigt anzusehen.

„Louisa, du bist immer mehr gewesen als pure Lust."

„Boss, darf ich dich an die Regel des Unternehmens erinnern?"

„Muss ich dich daran erinnern, wer die Regeln macht, Louisa? Ich kann sie ändern, jederzeit."

Das Fahrzeug hält vor dem Flughafengebäude und ich lehne mich nach vorn, um ihn anzuweisen, um das Terminal herumzufahren. Wir haben eine private Landebahn, die wir heute auch für den Abflug nutzen können.

„Ich denke, eine Regeländerung würde nichts an der inneren Einstellung ändern?“

„Nein, da hast du recht. Ich habe es versucht, aber ich kann mich nicht von dir fernhalten.“

„Aber das solltest du.“

„Ich will es aber nicht, Louisa, und ich bekomme immer, was ich will.“

Wir kommen am Flugzeug an und ich sehe, wie sie sich verspannt. Ihre Schultern ziehen sich hoch, verkürzen ihren Nacken.

„Entspanne dich, Louisa, es ist nur ein Flug.“

„Der letzte Flug endete nicht gut.“

„Das stimmt nicht, immerhin sind wir beide hier. Denke an den letzten Flug von uns gemeinsam.“

„Als ich nicht nur mein Höschen, sondern auch meinen Job verlor?“

Ich lehne mich hinüber, lasse meinen Finger über ihren Handrücken gleiten und ziehe sanfte Kreise auf ihrer seidigen Haut.

„Deine Haut ist so weich wie Kaschmir.“

„Ich dachte, das Wertvolle wäre innerlich?“

„Innerlich bist du pures Gold, Louisa.“

Sie schält sich aus dem Gurt und greift nach der Tür.

„Warte, lass mich dir helfen.“

„Hast du das nicht schon genug?“

„Erst wenn du auf meiner Couch sitzt und es dir bequem machst.“

„Wow, bisher wollten mich die Typen wenigstens in ihr Bett bekommen.“

Ich lege den Kopf in den Nacken und lache. Louisa ist in ihrer trockenen Art so erfrischend, dass ich nicht anders kann.

„Ich habe versucht mich zu beherrschen, aber sobald die Zeit gekommen ist, werde ich dich an jedem erdenklichen Ort nehmen“, lasse ich sie wissen und steige aus.

Mit schnellen Schritten gehe ich um den Wagen herum und deute dem Fahrer an, dass ich das übernehme und er sich um das Gepäck kümmern kann.

Er sieht zwei Sekunden mitleidig auf Louisas Tür und ich kann es ihm nicht verdenken, dass er lieber ihr geholfen hätte. Immerhin ist sie wirklich einzigartig.

Und sie ist mein!

Ihre Anspannung ist spürbar; sobald ich die Tür öffne, zuckt sie zusammen.

„Lou, wir können auch ein Boot nehmen.“

„Im Winter?“

„Dann dauert die Heimreise etwas länger, aber es ist machbar.“

„Nein, ich schaffe das.“

„Bist du sicher?“

„Ja“, raunt sie mit erstickter Stimme und reckt ihr Kinn vor.

Ich bewundere ihren Mut und würde ihr gerne helfen, diese Panik loszuwerden. Denn ich weiß, wie es ist, wenn man sich den Geistern der Vergangenheit stellen muss.

„Lass mich dir helfen.“

„Und wie?“

„Ich könnte dich ablenken.“

„Ich glaube nicht, dass mir der Sinn nach Sex steht."

„Ich sagte ablenken, nicht lecken, Louisa."

Sie versucht ihr Gesicht gesenkt zu halten, doch ich sehe die Rötung ihrer Wangen. Sie scheint sich in Sekundenschnelle im gesamten Gesicht bis zum Hals auszubreiten. Ich schmunzle, ich warte, bis sie sich hinausschiebt, und hebe sie auf meine Arme.

„Bitte lass mich runter, was soll das Personal denken?"

„Dass ich meine Verlobte auf Händen trage?"

„Bis jetzt bist du mein Boss und ich deine Angestellte, die nach der Firmenregelung nichts mit Mitarbeitern anfangen darf."

„Das macht dir Gedanken?"

„Da ich mit diesen Menschen arbeite, ja. Und dir sollte es ebenso gehen."

„Es ist nicht unser Flieger, Louisa, niemand, den wir kennen, ist hier."

Sie schüttelt den Kopf und schmiegt sich dennoch an mich. Ich festige meinen Griff und trage sie die Metalltreppe zum Flugzeug hinauf.

Sie hält ihre Augenlider gesenkt, verweigert jeglichen Blickkontakt mit den Stewardessen. Diese hingegen machen keinen Hehl aus ihrer Neugierde und werfen mir zweideutige Blicke zu, obwohl ich eine Frau auf meinen Armen trage.

„Willkommen an Bord, Sir."

„Danke." Ich halte mich nicht lange mit ihnen auf und trage Lou zur ersten Klasse. Dort lasse ich sie in einen der dicken Ledersessel gleiten und greife nach einem der Kissen, um ihren Fuß hochzulegen.

„Ich kann das allein“, raunt sie und zerrt mir das Kissen aus der Hand.

„Ich weiß, aber ich will es für dich tun.“

„Du musst das nicht.“

„Ich sagte, ich weiß, aber ich will! Ich habe einen sehr starken Willen, Louisa, und zurzeit will ich dich.“

Sie schluckt und lässt das Kissen los, sinkt tiefer in den Sitz und richtet ihren Blick an die Decke.

„Geht es dir gut?“

„Natürlich, Angst ist bekanntlich nur ein Gefühl.“

„Das ist Erregung auch und es ist mächtig genug, um unser gesamtes Denken zu beeinflussen.“

Mit einem Kopfschütteln starrt sie aus dem Fenster. Ich sehe die feinen Schweißperlen auf ihrem Nasenrücken.

„Louisa, du bist die stärkste Frau, die ich kenne. Du hast dich vor dieser Schlange im Unternehmen behauptet und du hast geholfen, einen Flieger notzulanden.“

„Es ist nicht hilfreich, Letzteres zu erwähnen“, kommt es keuchend hervor.

„Nein, das ist es nicht, aber es ist nun einmal die Tatsache und manchmal können wir diese nicht verbergen.“

„Du meinst wie mit dem Verlangen?“

„Wie mit dem Verlangen.“

Sie nickt und wirkt etwas entspannter, ich mache mir jedoch Sorgen, was beim Flug selbst, speziell der Landung, auf uns zukommt.

Kapitel 19

LOUISA

Die Kraft der Zuversicht erfordert eine Menge Mut und den starken Willen, sie in etwas Positives zu verwandeln.

Panik kriecht immer wieder durch meine Eingeweide und scheint sie zu umschlingen. Ich spüre, wie die Übelkeit mich fest im Griff hat. Diese könnte aber auch von anderer Aufregung herrühren, denn immerhin habe ich immer noch das Ultraschallbild in meiner Jackentasche und es Daniel bis jetzt nicht gezeigt.

„Darf es etwas zu trinken sein?“, säuselt eine viel zu hoch klingende Stimme und die Dame im engen Stewardessendress beugt sich zu Daniel hinab.

Ich lasse meinen Blick von ihren Pfennigabsätzen zu der durchsichtigen Strumpfhose mit Naht gleiten. Der viel zu enge Rock, der jegliche Bewegungsfreiheit eindämmt, und die weiße Bluse mit der Miederweste. Ihr Dutt sitzt akkurat und doch wirkt sie nicht elegant, sondern eher nuttig. Oder es liegt an dem Funken Eifersucht, der durch meine Venen schießt, da sie ihm so nah ist. Ihm, den ich nicht begehren sollte, und es dennoch tue.

Ich kann es ihr nicht einmal verübeln, dass sie ihn so ansieht. War ich doch selbst eine von dieser Sorte, die ihm im ersten Moment nicht widerstehen konnte. Was heißt im ersten Moment? Ich schaffe es selbst jetzt nicht, deswegen flüchte ich die ganze Zeit. Darum war ich auf diesem dummen Flug!

„Ein Wasser und einen Pfefferminztee", mische ich mich ein und sehe, wie sie sich mit einem Räuspern aufrichtet. Ihr Blick fällt mit einem falschen Lächeln auf mich. Das Grinsen in Daniels Gesicht hingegen, welches ich aus dem Augenwinkel wahrnehme, ist echt.

„Was meine Verlobte sagen möchte, ist, dass wir das beide nehmen."

Der Gesichtsausdruck der Stewardess ist unbezahlbar. Ihre Augen huschen immer wieder über die viel zu weite Jogginghose und das zu enge Shirt, die lustigen gepunkteten Socken und meine wirren Haare.

Ich halte ihrer Musterung stand und wäre auch lieber in meiner eigenen Kleidung, um mich ihr gewachsen zu fühlen. Nicht dass ich viel Wert auf Äußerlichkeiten an sich lege. Aber es gibt einem doch ein besseres Gefühl als dieses jetzt. Einem kindischen Impuls folgend, ziehe ich das Ultraschallbild aus meiner Tasche und fahre zärtlich mit dem Finger darüber. Sie schnauft und rauscht mit schwingenden Hüften davon. Wenn sie nicht aufpasst, wird sie sich an den Sitzreihen stoßen.

„Eifersucht kann so schön sein."

„Wer sagt, dass es Eifersucht war?"

„Dein Gesicht."

Ich schlucke die Worte hinunter und wende mich ihm zu. Seine Augen gleiten interessiert zu dem dünnen Papier in meinen Händen. Sobald er erkennt, worum es sich handelt, steht er auf und kommt herüber. Seine Fingerspitzen gleiten sacht über meine, legen sich auf das Papier. Ist es das, was ich denke? Ist er genauso fasziniert wie ich von diesem kleinen Wesen?

„Das hier werden die Arme und Beine“, flüstere ich, denn ich habe das Bedürfnis, irgendwas zu sagen.

„Es ist wunderschön.“

„Du kannst doch gar nichts erkennen.“

„Wir haben es gemacht, da muss es perfekt sein.“

Er hält es ein Stück weiter von sich weg und zieht es wieder näher an sich heran. Nachdem er das Spiel dreimal wiederholt hat, nickt er zufrieden.

„Scheint alles dran zu sein, es wird ein Prachtexemplar.“

„Du hast ziemlich hohe Erwartungen“, raune ich.

„Ist das schlecht?“

„Nein, nur herausfordernd.“

„Ich dachte, du magst Herausforderungen?“

„Wenn der Gewinn stimmt, immer.“

Er grinst und bezieht erneut Stellung auf seinem Platz. Dann lehnt er sich gemütlich zurück und verschränkt die Arme locker vor der Brust. Allein durch diese lockere Haltung treten seine Muskeln unter dem hellen Oberteil hervor. Meine Fingerspitzen kribbeln, denn ich weiß genau, wie sie sich anfühlen. Die harten, gestählten Stränge, die sich bis in seine Handgelenke ziehen.

Die feine Ader an seinem Hals, die leicht zu pochen beginnt, wenn er erregt ist.

Ich habe Wochen in der Schule gebraucht, um mir die Zeichnung eines Flugzeuges und seiner Bestandteile einzuprägen. Doch Daniel Delous könnte ich mit verbundenen Augen in jeder kleinen Einzelheit zeichnen, und das nach nur einem Mal sehen, fühlen und schmecken. Vielleicht macht es die Kombination aus.

„Worüber denkst du nach?“

„Darüber, wie man sich etwas besser merken kann.“

Er zieht fragend eine Augenbraue hoch und ich verzichte auf eine Erklärung. Immerhin habe ich nicht gelogen. Im Groben ist es genau das, worüber ich nachdenke.

„Louisa?“

„Ja?“

„Wie fühlst du dich?“

Es ist eine so simple Frage und doch lässt sie mich komplett eiskalt erwischt innehalten. Ich habe verdrängt, darüber nachzudenken, wie ich mich fühle. Habe versucht nicht daran zu denken, wie es mir geht, das Geschehen wegzuschieben und mich uneingeschränkt nur auf den jetzigen Moment zu konzentrieren.

„Ich …“, beginne ich.

„Ja?“

„Ich hätte nicht gedacht, dass ich das einmal sage, aber ich glaube, ich habe Angst. Ich habe Panik vor allem und vor jedem Augenblick. Die Gewissheit, wie schnell es hätte vorbei sein können, selbst so nah zu erleben, ist etwas anderes als das reine Wissen. Natürlich lebt man in meinem Berufsfeld mit dieser Gefahr, aber wir haben eine ganze eigene Ansicht. Zumindest bis der Flieger heruntergeht und man weiß, jetzt hat man es nicht mehr selbst in der Hand, ob alles gut wird. Man kann nichts tun, außer beten und vertrauen. Ich glaube, ich habe mich noch nie so schutzlos gefühlt, noch nie solche Angst verspürt."

Ich schlucke und schaue zu ihm hinüber, er sieht mich an, schaut einfach nur zu mir. In seinem Gesicht liegt keine Wertung, keine Verurteilung, nur reine Hingabe. Und genau das ist es, was ich jetzt benötige. Das Gefühl, geliebt zu werden. Die Gewissheit, dass es jemanden gibt, der froh ist, dass ich überlebt habe.

„Ich danke dir, dass du für mich da bist."

„Wer sagt, dass ich nicht nur um mein Unternehmen besorgt war?"

„Dein Blick, mit dem du mich ansiehst."

Ein leichter Ruck lässt mich zusammenzucken. Meine Finger verkrampfen sich um die Lehne des Sitzes. Ich versuche, meine Atmung ruhig zu halten. Es ist alles gut, wir rollen nur auf die Startbahn. Es sind die ganz normalen Vorbereitungen. Der Sturm ist vorbei, es wird alles perfekt. Mein inneres Mantra versagt. Meine Atmung wird schneller, abgehackter.

„Louisa, sieh mich an."

Ich folge seiner Aufforderung, sehe ihn an und betrachte seine wundervollen Gesichtszüge.

„Alles wird gut."

„Und wenn nicht?"

„Dann sorgen wir dafür, dass es so wird."

„Wie willst du das tun?“

„Mit Zuversicht.“

Ich schnaufe und schüttle den Kopf.

„Zuversicht?“

„Besser als Panik.“

Er verwickelt mich in eigene, eigentlich sinnlose Diskussionen und tut dies so gekonnt, dass ich meine Angst vergesse. Als der Flieger zum Abflug bereit ist, bin ich immer noch mitten in unserer Debatte gefangen.

„Du musst einfach zugeben, dass Angst etwas Normales ist. Manchmal kommt man nicht dagegen an.“

Er nickt und überkreuzt in einer bequemen Position seine Beine. Erst als die Durchsage des Piloten mit der Bitte zum Schließen der Sicherheitsgurte kommt, wird mir bewusst, was er getan hat.

„Du Mistkerl hast mich absichtlich hingehalten, damit ich nicht darüber nachdenke.“

„Hat es funktioniert?“, fragt er und schenkt mir ein jungenhaftes Grinsen.

„Erstaunlicherweise ja, danke.“

Er nickt und folgt den Anweisungen. Ich tue es ihm gleich und lehne mich zurück. Meine Fingerspitzen tanzen sanft über die flache Stelle meines Bauches. Ich kann mir kaum vorstellen, dass dieser sich in ein paar Monaten wölben wird. Dass ein echter kleiner Mensch in mir heranwächst.

„Ihr Tee und Wasser“, erklingt eine freundliche Stimme neben uns und ich stelle befriedigt fest, dass die Zimtzicke uns ihre Kollegin geschickt hat und sich versteckt. So ist es recht, soll sie sich ein anderes Objekt ihrer Begierde suchen. Eines, das nicht vergeben ist.

Wie können manche Frauen nur einfach keine Grenzen kennen oder sogar mit Vorliebe genau solche sprengen? Was reizt sie daran?

„Du wirkst sehr zufrieden“, stößt Daniel belustigt aus.

„Ja, durchaus.“

„Warum? Denkst du wirklich, sie hätte eine Chance gehabt?“

„Da liegt das Problem, es ist nicht, dass du hättest reagieren können. Also natürlich auch.“

Er grinst.

„Was ist es denn dann?“

„Es ärgert mich einfach, dass sie es versucht hat, obwohl deutlich war, dass wir zusammen hier hereingekommen sind.“

„Lou, es wird immer solche Menschen geben, die nach dem Glück von anderen Menschen lechzen. Aber solange wir selbst wissen, dass wir uns vertrauen können, ist alles okay. Es ist in Ordnung.“

„Ich verstehe es dennoch nicht. Es muss ihr doch klar sein, dass ein Mann, der darauf anspringt, auch später bei ihr so etwas tun würde, wenn die Nächste vor ihm steht.“

„Und genau deswegen sind sie unglücklich.“ Er zwinkert mir zu und hebt seine Teetasse zu mir herüber.

„Auf Ehrlichkeit.“

Ich lache und schüttle den Kopf.

„Das ist vielleicht der falsche Ansatz für uns, immerhin soll ich deine Fake-Verlobte spielen."

Er stimmt mit ein und lacht ebenfalls.

„Dann auf eine angenehme Zusammenarbeit."

„Heißt das, du bist weiterhin so was wie mein Boss?"

„Ich werde immer dein Boss sein, Louisa."

„Warum?"

„Weil ich es mag, wenn du meinen Befehlen folgst."

Ein angenehmer Schauer rinnt über mich hinweg. Mit einem leisen Pling erlischt die Anschnallleuchte und ich stelle erstaunt fest, dass wir bereits Reisehöhe erreicht haben.

„Ich kann deine Lust förmlich riechen, Lou."

„Dann täuschst du dich, womöglich ist es das neue Duschgel."

„Nein, ich rieche es nicht nur, ich sehe es in deinen Augen und ich bin bereit, es ebenso zu schmecken."

Ich schlucke, denn mit einem Mal fühlt sich mein Hals trocken an. Mein Herz schlägt fester, jeder Pulsschlag ist spürbar. Hitze steigt mir ins Gesicht.

Jeder Versuch, meine Verlegenheit zu verbergen, ist zwecklos. Alles, was ich kann, ist, sie mit Würde zu tragen.

„Ich liebe es, wenn du errötest."

„So oft hast du es bis jetzt nicht geschafft."

„Aber dafür gleich beim ersten Mal, und das ist tief in meiner Erinnerung, Louisa."

Er erhebt sich und kommt herüber, hebt meinen Fuß an und setzt sich neben mich.

Dann nimmt er meinen Spann zwischen beide Hände und beginnt zu massieren. Der erwartete Schmerz bleibt aus, denn er ist verdammt gut in dem, was er tut, und bewegt mein Gelenk praktisch nicht dabei. Es ist der Himmel auf Erden und ich kann nichts gegen das sinnliche Schnurren tun, welches sich aus meiner Kehle heraufschleicht und meinen Lippen entschlüpft. Sein Körper reagiert auf das sinnliche Geräusch und verhärtet sich augenblicklich. Ich kann es an meiner Wade spüren und muss mich zusammenreißen, diese nicht sanft hin und her zu bewegen, um ihn noch mehr zu reizen.

„Ich wusste nicht, dass du auf Füße stehst", necke ich ihn.

„Du hast von vielem keine Ahnung, kleine Louisa, aber ich werde dich die wichtigsten Dinge lehren."

„Warum?"

„Damit es uns beiden mehr Freude bereitet."

Ich konzentriere mich auf das Gefühl seiner Finger, gebe mich ganz seinen Berührungen hin.

„Sei vorsichtig, ich könnte darauf bestehen, dass so etwas zu unserer Abmachung gehört."

„Es gefällt mir, wenn du Forderungen stellst."

„Wieso?"

„Weil ich dann einen Grund habe, ebenfalls welche zu stellen, Louisa."

Ich verspüre eine ungeahnte Wärme in mir und versuche sie nicht seiner Berührung zuzuschreiben. Aber ich weiß es besser. Ich bin verloren und beginne mich mit jeder Sekunde mehr in den Vater meines Babys zu verlieben. In meinen Boss.

„Bist du bereit?“

„Wofür?“

„Für ein Leben in Luxus und Lust.“

„In Lust hört sich gut an, aber wäre Erfüllung nicht besser?“

„Ich werde dich ausfüllen und erfüllen, Louisa, darauf kannst du dich verlassen.“

Seine Fingerspitzen streichen sanft über mein Bein herauf, lassen die schmerzende Stelle aus und fahren über mein Knie. Seine Finger gleiten auf meiner Kniescheibe zusammen und spreizen sich wieder. Es ist, als würden tausend kleine Schmetterlinge über meine Haut tanzen. Und mit jeder Sekunde, in der er es länger tut, verfliegt die Anspannung aus meinen Muskeln und mein geschundener Körper kommt zur Ruhe.

Kapitel 20

DANIEL

Dein Leben ist erst lebenswert, wenn du den Menschen gefunden hast, ohne den du nicht mehr sein willst.

Es ist ein merkwürdiges Gefühl, sie nach Hause gebracht zu haben. Sie fühlt es vielleicht nicht oder ist sich nicht der Tatsache bewusst, dass ich noch nie jemanden hierher mitgenommen habe. Ich hingegen umso mehr.

Sie ist die erste Frau, die diese sichere Höhle betritt, eine Ahnung von ihrem Bauplan bekommt und jederzeit meine schützenden Mauern einreißen kann.

Ihre kleine Gestalt in den hohen Räumen meines Zuhauses zu sehen ist wie eine seltene Spezies ganz neu zu entdecken. Sie steht vor der großen Bilderwand, die ich zusammen mit Eli angefertigt habe, und betrachtet die Bilder. Sehnsucht flackert in ihren Augen auf und ich frage mich, was mit ihrer Familie ist.

„Das ist wundervoll“, haucht sie.

„Die Fotos?“

„Die Liebe, die darin steckt.“

„Es ist Familie, Louisa.“

„Das bedeutet aber nicht, dass man sich automatisch liebt.“

Allein diese Aussage zeigt mir, dass es weit mehr zu entdecken gibt, als ich dachte. Ihre Einstellung zum Familienleben scheint nicht die beste zu sein und ich nehme mir stark vor, das zu ändern. Ihr zu zeigen, dass eine Familie durchaus in der Lage ist, alles gemeinsam zu meistern. Dass man nicht nach Zusammenhalt zu suchen braucht, er ergibt sich von allein. Zumindest, wenn es in meiner Macht liegt, diese Familie aufzubauen und für den richtigen Zusammenhalt zu sorgen.

„Ich glaube, du hattest nicht die beste Kindheit," raune ich leise.

Sie schnauft und schüttelt den Kopf.

„Nein, Großfamilie, überforderte Erziehungsberechtigte. Kein eigenes Zimmer … lassen wir das. Ich bin froh, dass du eine wundervolle Kindheit hattest, denn so weiß zumindest einer von uns, was das Beste für unser Kind ist." Sie holt tief Luft und stützt sich fester auf die Krücke auf, die ich ihr nach der Landung besorgt habe.

„Was ich nicht verstehe, ist, warum ein Mann wie du eine Fake-Verlobte suchen muss."

„Was soll ich dir dazu erzählen?"

„Die Wahrheit?"

„Ich sah dich und wollte dich haben."

„Da ist mehr, Daniel, ich sehe es in deinen Augen."

Ich gehe ins Wohnzimmer und setze mich. Warte, bis sie mir folgt, und nutze die Zeit bis zu ihrem Eintreffen, um mich zu entscheiden, was ich ihr erzählen will.

Es ist eine Sache, ihr Vertrauen zu wollen, eine ganz andere, es auch wirklich zu können.

Das größte Problem liegt vorwiegend darin, dass es nicht allein um mich geht, sondern vor allem um meine Mutter. Doch der Wunsch, es ihr zu erzählen, ist stark. Vor allem der eigentliche Wunsch, mit jemandem darüber sprechen zu können, ohne dass die Person selbst betroffen ist. Ihre Schritte erklingen hinter mir, ebenso wie das leise Klacken der Krücke bei jedem Aufstellen.

Sie setzt sich auf das Sofa neben mir und lehnt sich seufzend an die Lehne. Ihr Blick gleitet interessiert im Raum herum.

„Das ist er also, der Mittelpunkt des Hauses?"

„In der Tat muss ich gestehen, dass es sich dabei um die Küche handelt."

„Ernsthaft?"

„Ja, wieso verwundert dich das so sehr?"

„Ich weiß nicht, du siehst mir nicht aus wie der Sternekoch."

„Und du siehst nicht aus wie das kleine versaute Mädchen, das du sein kannst."

„Mädchen?", fragt sie und kichert.

„Unerfahren und wunderschön."

Sie schüttelt sich leicht vor Lachen und richtet sich ein Stück auf.

„Wenn man deinen Worten Glauben schenkt, erwecke ich den Anschein einer Jungfrau."

„Eher einer märchenhaften Figur."

„Eingesperrt im Turm oder gestochen an einer Spindel?"

„Mit Gold beregnet, Louisa."

Sie errötet erneut und ich schmunzle. So taff sie sich auch gibt, tief in ihrem Inneren ist sie zart wie eine Pfirsichblüte.

„Du kennst dich für einen Jungen sehr gut mit Märchen aus."

„Ich habe eine Schwester und noch dazu muss ich wissen, wie sich ein Prinz zu verhalten hat, um bei einer Prinzessin wie dir zu landen."

Sie schaut sich erneut um, heftet ihren Blick an jedes kleinste Detail. Ich folge ihren Augen mit meinen eigenen, schaue mich um und versuche den Raum mit ihrer Wahrnehmung in mich aufzunehmen. Was sieht sie? Spürt sie die Wärme dieses Hauses? Ist es für sie der gleiche sichere Hafen wie für mich?

„Sage mir, was du denkst, Louisa."

„Erzähle mir mehr von dir, warum bin ich hier?"

„Weil ich mich nicht länger von der fernhalten kann."

Sie nickt, als würde sie darüber nachdenken, welche Bedeutung sie meinen Worten beimessen soll.

„Warum sitzt du dann so weit weg?"

„Weil ich dich nicht verletzen will."

„Ich bin stärker, als du denkst."

„Meine Lust nach dir ist stärker, als du denkst, Louisa."

Ich sage das nicht, um sie zu verschrecken, sondern um sie vorzuwarnen. Denn tief im Inneren bin ich auch nur ein Mann und in ihrer Gegenwart habe ich Probleme, meine Selbstbeherrschung aufrechtzuerhalten. Erst recht, wenn sie mich mit diesen großen Augen, dieser sanften Rötung ihrer Wangen und den halb geöffneten Lippen ansieht.

„Ich denke, ich kann mit deiner Lust umgehen."

„Ich werde nicht aufhören können, Lou."

„Ich hoffe, dass du hältst, was du damit versprichst."

„Das ist kein Versprechen, Louisa, das ist eine Drohung."

Sie scheint sich ihrer Wirkung auf mich wirklich nicht bewusst. Sie scheint sich generell nicht bewusst zu sein, wie besonders sie ist. Ein Umstand, der sie noch seltener und wertvoller erscheinen lässt. Louisa ist wie der Phönix aus der Asche. Sie wäre fast verbrannt und schafft es, in unbeschreiblicher Schönheit aus der Asche aufzustehen.

„Wenn deine Worte eine Drohung sein sollen, Boss, dann war Gefahr noch nie so sexy, verlockend und verheißungsvoll."

„Sage nie, ich hätte dich nicht gewarnt, Louisa."

„Die Zeit der großen Worte ist vorbei."

Ich schiebe mich langsam zu ihr hinüber, hebe meine Hand und streiche ihr die losen Haarsträhnen aus dem Gesicht.

„Sage mir, wenn es zu viel wird."

„Ich hoffe, du hinderst mich am Reden."

„Und wie sollte ich das deiner Meinung nach tun?"

„Ein Kuss wäre ein guter Anfang."

Diese Bitte lasse ich sie nicht zweimal äußern. Geschmeidig schiebe ich mich noch näher an sie heran, hebe ihre Beine über meine und ziehe sie vorsichtig, aber bestimmend auf meinen Schoß. Ihre Schenkel streifen links und rechts an mir vorbei und geben ihre feuchte Hitze in ihrem Schritt preis.

Mein Schwanz schwillt automatisch an, reckt sich ihr entgegen. Mein gesamter Körper sehnt sich nach ihr. Es ist, als würde man sein Lieblingsgericht nach langer Zeit vor sich haben, nur allzu bereit, es endlich wieder zu kosten. Jeden Bissen zu genießen und keine Zeit mehr zu vergeuden.

Kapitel 21

LOUISA

Lust vernebelt deine Sinne und führt dich wie eine Sirene auf ganz eigene Wege. Manchmal erwachst du erst, wenn du dich bereits verirrt hast. Unfähig, aus diesen Klauen jemals wieder zu entkommen.

Keine Ahnung, was genau hier geschieht oder warum mein Körper sich so nach ihm sehnt. Eigentlich sind wir Fremde. Zwei Fremde, die ein Baby gezeugt haben. Boss und Angestellte. Ich sollte mir genau bewusst sein, worauf ich mich einlasse, und alles, woran ich denken kann, ist die Berührung seiner wundervollen Hände, der Geruch seines Aftershaves, sein wundervoller Geschmack.

Ich bin wie besessen, in meinem Wahn gefangen. Die erste Berührung seiner Lippen lässt etwas in mir explodieren, das mich aufseufzen lässt. Mein Mund öffnet sich ihm, lässt ihn tiefer hinein und Daniel benötigt keine weitere Aufforderung. Er umfasst meine Hüften, lässt seine Hände unter mein Oberteil gleiten und verteilt seine Wärme auf meiner Haut. Es ist, als würde sie direkt in meine Wirbelsäule kriechen, mich durchfluten und mein Herz umhüllen.

Ich kuschle mich tiefer in diese Umarmung, brauche mehr von seiner Nähe. Seine Lippen streifen mein Ohr, hauchen federleichte Küsse darunter auf die freie Haut an meinem Hals. Seine Finger krümmen sich leicht, lassen die Nägel über die erhitzte Haut streifen. Eine Gänsehaut gleitet ihnen hinterher.

„Daniel", hauche ich.

„Louisa."

„Wenn wir nicht aufhören, weiß ich nicht, wo es endet."

„Da, wo es begonnen hat. Mit mir, tief in dir drinnen."

Ein Zittern dringt durch meinen Körper, lässt mich bebend auf seinem Schoß zurück. Er hebt seine Hüften, presst sich mir entgegen.

„Spürst du das?"

„Ja."

„Das ist pures Verlangen, und das fühle ich nur bei dir, Louisa."

„Dann solltest du es ausleben."

Das lässt er sich nicht zwei Mal sagen. Mit einem tiefen Grollen schiebt er mich von sich herab, umfasst meine Arschbacken und hebt mich ein Stück weiter auf die Liegefläche der Couch. Allein das Gefühl seiner Hände an dieser doch intimen Stelle lässt meine Beine wie Wackelpudding zurück.

„Hebe deine Hüften an, Louisa."

„Warum?"

„Weil mich diese Kleidung wahnsinnig macht."

„Ich dachte, das wäre das Verdienst des Verlangens."

„Das ist es auch, ich brauche dich nackt."

Er zieht meine Hose herunter und betrachtet meine freigelegte Lust. Ich will meine Schenkel schon zusammenkneifen, da fährt er mit der Hand dazwischen und hindert mich daran.

„Verstecke dich nicht."

„Ich schäme mich aber."

„Dafür, dass du für mich feucht bist?"

„Ja."

„Ich werde dir zeigen, wie nass du sein kannst, Louisa, ganz ohne Scham."

Sein Daumen schiebt sich zwischen die Schamlippen, spaltet sie ein Stück und drückt sich auf meinen Kitzler. Ich schreie auf und werfe den Kopf zurück.

„So ist es gut, zeige mir, was dir gefällt."

„Ich weiß es selbst nicht", keuche ich.

„Dann wird es mir ein Vergnügen sein, es mit dir herauszufinden."

Ich wimmere, winde mich und bin gefangen in der Lust, die er in meinem Zentrum erwachen lässt. Es ist zu viel, die Gefühle überwältigen mich.

„Atme, Lou."

„Ich kann nicht."

„Warum?"

„Weil du mir den Atem raubst."

Er schmunzelt und beugt sich über mich, streift mit seinem Mund über meinen und öffnet meine Lippen mit einem raffinierten Kuss. Seine Zungenspitze umtanzt meine, bittet mich, ihr zu folgen und sie bei diesem Tanz zu begleiten.

Ich will genau das, ich benötige das und doch will ein kleiner Teil meines Verstandes mich stoppen.

„Was geht in deinem Kopf vor?"

„Zu viel."

„Das ist nicht gut."

„Warum?"

„Weil du nicht denken sollst, wenn ich dich berühre, sondern fühlen."

Ich gebe mir Mühe, seiner Anweisung zu folgen. Irgendwas geschieht in mir, wenn er mir Befehle erteilt. Etwas, das ich selbst nicht erwartet habe. Ich will mehr davon, fühle mich begehrt und behütet. Es ist, als könne ich mich einfach fallen lassen und ihm für diesen Moment die Kontrolle übergeben.

Seine Finger gleiten immer wieder über meine Lust, streichen sanft über meine Schamlippen und dringen dazwischen. Plötzlich spüre ich seinen Daumen an meinem Eingang.

„Du fühlst dich an wie das Paradies."

„Woher weißt du, wie es sich anfühlt?"

„Manchmal weißt du etwas, sobald du es vor dir hast."

Ein sinnliches Schnurren löst sich aus meiner Kehle, sein Körper antwortet mit einem Knurren, das alle Nackenhaare aufrichten lässt. Seine Hände verlassen meinen Körper und ich fühle mich sofort schutzlos und allein. Ein Frösteln lässt mich erzittern und die zuvor warmen Hautstellen sofort kalt erscheinen. Das Geräusch seines Gürtels jedoch lässt eine heiße Lavafontäne durch mich hindurchfließen.

„Du bist ein unartiges kleines Kätzchen.“

„Warum?“, frage ich verwirrt.

„Weil du dich zurückhältst, mir deine Krallen zu zeigen.“

Ich benetze meine plötzlich trockenen Lippen und sehe ihn an. Mein Blick wird von seiner nackten Haut magisch angezogen.

„Gefällt dir, was du siehst, kleine Lou?“

„Ja.“

„Dann lerne, es dir zu nehmen, statt zu nur schauen, denn vom Angucken wird man nicht satt.“

Das lasse ich mir nicht zweimal sagen, ich schiebe meine Oberschenkel um ihn herum und ziehe ihn näher. Er ist so überrascht von der plötzlichen Attacke, dass ich grinsen muss. Er zieht fragend eine Augenbraue herauf.

„Du willst also spielen?“

„Nur mit dir“, raune ich und ersticke fast am Ende des Wortes, denn seine Schwanzspitze schiebt sich genau in diesem Augenblick in mich. Ich spreize meine Schenkel, lasse ihn tiefer in mich eindringen und versuche nicht zu schreien. Der Druck, den er in mir auslöst, ist zu gut, um wahr zu sein. Es fühlt sich himmlisch an und ich strebe jeder Bewegung entgegen, um sie zu verstärken. Er versteht meine Bemühung und schiebt seine Hände unter meinen Hintern, um mich ein Stück anzuheben. Wir vergessen alles um uns herum und spüren nur noch den anderen. Wir passen uns den Bewegungen an und fliegen gemeinsam den Sternen entgegen. Mein

Herz pocht zu schnell. Das Blut rauscht durch meine Adern und lässt mich taub zurück.

Ich fühle seinen ebenso schnellen Atem, das Verhärten seiner Muskeln und die Anspannung in seinen Schenkeln. Er hämmert sich immer härter in mich hinein, doch darauf bedacht, mich nicht zu verletzen und sich zurückzuhalten. Ein Fluch weicht über seine Lippen, eine heiße Hitze verteilt sich in mir und ich strebe ihm ein letztes Mal entgegen, spüre das wundervolle Pulsieren seiner Lust in mir und falle selbst im freien Fall dem Orgasmus entgegen.

Kapitel 22

DANIEL

Mit wem du geboren wurdest, hat nichts damit zu tun, wer später für dich zur Familie gehört.

Ich sitze mit meiner Mutter auf der Terrasse und schaue in den Garten. Es ist kälter und wie letztes Mal sind wir in Decken gehüllt. Der Tee dampft in den Tassen zwischen unseren Händen und vernebelt leicht die Sicht.

„Ich bin froh, dass alles gut ausgegangen ist mit dem Flugzeugabsturz“, erklingt ihre Stimme. Heute hört sie sich müder an, geschaffter.

Ich werfe ihr einen prüfenden Blick zu und nicke. Es sind jetzt zehn Tage seit dem Unglück vergangen. Und ich habe es geschafft, Louisa für mich allein zu behalten. Doch so langsam wird sie ungeduldig. Ihr Knöchel ist verheilt und sie wartet immer noch auf eine Erklärung, warum ich von ihr die Fake-Verlobung fordere.

„Es war wohl ein technischer Defekt“, erkläre ich und sie nickt.

„Ja, das hatte ich mir bereits gedacht. Schrecklich so was. Und die junge Frau?“

„Welche Frau?“, frage ich und stelle mich dumm.

„Daniel, ich bin deine Mutter. Deine Schwester und dein Vater haben verlauten lassen, dass du dich sehr gesorgt hast."

„Es sind eben meine Mitarbeiter, natürlich sorgt man sich da."

Sie will etwas erwidern, doch ein Hustenanfall ringt ihr die Worte ab und lässt sie erschöpft in den Stuhl sinken.

Besorgt beuge ich mich vor und lege ihr eine Hand auf den Arm. „Vielleicht sollten wir hineingehen?"

„Nein, Daniel. Ich liebe die frische Luft. Stickig werde ich es noch lange genug haben."

„Aber es muss nicht so sein."

„Fang nicht wieder damit an, später wirst du es bereuen, immer nur diskutiert und nicht genossen zu haben."

„Vielleicht solltest du weniger diskutieren … Dann hättest du auch ein nettes Mädchen an deiner Seite und ich ein paar Enkelkinder", beginnt sie erneut zu sinnieren und ich unterbreche sie.

„Und was würde das ändern?"

Wir schnaufen beide, verfallen in Stillschweigen und trinken unseren Tee. Warum muss sie so stur sein? Wieso? Andererseits weiß ich nicht, wenn ich an ihrer Stelle wäre, was ich tun würde. Ich will mir nicht einmal vorstellen, wie mein Vater sich fühlt. Denn er hat es noch schwerer. Er muss damit ebenso leben und vor allem ohne sie. Dieser Moment wird kommen, er wird aufwachen und feststellen müssen, dass er allein ist.

Natürlich sind wir Kinder bei ihm, aber wir können unsere Mutter nicht ersetzen. Es ist eine Partnerschaft, die über viele Jahre hinweg gepflegt und geehrt wurde. Da haben Kinder keine Alternative zu bieten.

„Also diese Frau“, greift sie das Thema wieder auf.

„Ihr Name ist Louisa.“

Ein sanftes Lächeln bildet sich auf ihrem Gesicht, sie lehnt sich entspannt zurück, zieht die Decke etwas höher und trinkt von ihrem Tee.

„Was ist das mit ihr?“

„Ich weiß es nicht, vielleicht ist es etwas Ernstes“, werfe ich ein.

„Vielleicht?“, hakt sie nach.

„Muss man das immer sofort wissen?“

„Ich weiß es nicht, aber es würde mich sehr beruhigen, wenn ich wüsste, dass du in guten Händen bist.“

„Das bin ich, in meiner Familie.“

„Und diese könnte erweitert werden.“

Ich will etwas sagen, will ihr bewusst machen, dass sie, ohne zu kämpfen, nichts davon hätte, aber ich kann es nicht. Ich will sie nicht erneut verletzen oder niedergeschlagen sehen.

„Ich friere, vielleicht ist es nun Zeit, hineinzugehen. Dein Vater hat bestimmt schon den Kamin angeschürt.“

Sie erhebt sich schwerfällig und ich greife automatisch nach ihrem Arm.

„Daniel, ich bin nicht gebrechlich.“

„Nein, dennoch musst du dich ja nicht alleine quälen, solange ich hier bin, um dir zu helfen.“

Es ist erschreckend, wie viel ihr plötzlich schwerer fällt, oder fällt es mir nur erst jetzt auf? Habe ich vorher einfach nicht darauf geachtet?

„Wie wäre es mit einem Familienessen?“ Die Frage entschlüpft mir aus heiterem Himmel und meine Mutter zieht fragend eine Augenbraue hoch.

„Um Louisa vorzustellen“, raune ich erklärend und bemerke den aufgeregten Glanz in ihren Augen.

„Das ist eine hervorragende Idee.“

„Aber bei mir. Ich werde mich um alles kümmern. Kommt einfach Sonntag gegen Mittag und sagt Eli Bescheid.“

„Aber wir können doch auch …“, beginnt sie.

„Es ist immer einfacher, in gewohnter Umgebung auf so viele neue Menschen zu treffen, Mama.“

„Aber natürlich, du hast recht, die Arme.“

Sie schüttelt lächelnd den Kopf.

„Ich bin wirklich aufgeregt“, gibt sie zu.

„Du bist aufgeregt? Aber warum?“, frage ich belustigt. Immerhin ist es nicht sie, die den Löwen zum Fraß vorgeworfen wird.

„Du hast mir das letzte Mal ein Mädchen vorgestellt, da warst du neunzehn, Daniel.“

„Und das war die schlechteste Entscheidung meines Lebens. Desiree dachte damals, ich würde sie sofort heiraten und eine Familie gründen.“

„Nun wäre es nicht mehr so abwegig.“

„Wie meinst du das?“ Nun ist es an mir, sie fragend anzusehen.

„Vom Alter her, Daniel. Du bist nicht mehr der Jüngste."

„Vielen Dank auch, Mutter. Bis eben habe ich mich noch vital gefühlt", murre ich gespielt, verletzt über ihre Worte.

Sie kichert und es tut gut, diese kurze Unbefangenheit mitzuerleben. Erst wenn du weißt, dass diese gezählt sind, beginnst du sie auch wirklich wertzuschätzen. Ich begleite sie hinein und beschließe, mir noch etwas Zeit zu nehmen und mit ihnen noch einen Snack einzunehmen, bevor ich fahre. Nicht weil ich sonderlich hungrig bin, einfach, um die Zeit zu genießen.

„Daniel, ist alles in Ordnung?", fragt mein Vater, sobald ich mich an den Tisch setze.

„Ja, wieso sollte etwas nicht in Ordnung sein?"

„Weil du das letzte Mal zum Familien-Sonntag an diesem Tisch gesessen hast", wirft er murrend ein und rügt mich damit, dass ich mich die letzten Tage nicht habe blicken lassen.

„Ich war beschäftigt", beginne ich.

„Mit einer Frau", wirft meine Mutter ein und mein Vater schüttelt den Kopf.

„Das erklärt ja einiges", brummt er.

„Was soll das denn heißen?", frage ich.

„Du hast die Vorstandssitzung am Donnerstag vergessen."

Ich starre ihn an und schüttle den Kopf, das ist unmöglich. Aber je mehr ich darüber nachdenke, umso mehr hat er recht.

Ich habe sie vergessen, um mit einer Frau auf der Couch zu liegen und ihren Sorgen zuzuhören. Und zugegeben, ich würde es jederzeit wieder tun.

„Du hast recht, ich habe es vergessen."

„Aber wie, Daniel?" Er sieht mich fassungslos an.

„Ich habe erkannt, dass es neben der Arbeit noch etwas anderes gibt."

Meine Mutter schmunzelt und sieht zu meinem Vater hinüber. „Du weißt doch, wie das ist, frisch verliebt."

Er murrt etwas Unverständliches und nickt, ehe er sich wieder seinem Kaminfeuer zuwendet. Mit einem kurzen Blick über seine Schulter zeigt er mir jedoch deutlich sein Verständnis. Auch er war einmal in meiner Situation, denn auch er ist nur ein Mensch und das menschliche Bedürfnis nach Nähe und Zärtlichkeit ist unermesslich. Zumindest, wenn du die Person gefunden hast, die dir wirklich wichtig ist.

Kapitel 23

LOUISA

Gedanken werden immer von deinen Empfindungen beeinflusst.

Ich halte meine Kaffeetasse fest umklammert und starre Karin an.

„Hast du ihn erreicht?“

„Ja, er weiß nun Bescheid.“

„Was hat er gesagt?“

„Dass es leider nicht in seine Pläne passt, nun ein Kind zu bekommen.“

„Aber …“, werfe ich ein, doch sie winkt ab. Wären nicht die Tränen in ihren Augen, könnte ich ihr fast glauben, dass es ihr wirklich egal ist. Doch so weiß ich, dass sie leidet, und da sie meine Freundin ist, leide ich automatisch mit ihr. Ich fühle mich mit ihr verbunden, rücke näher zu ihr und lege ihr meinen Arm um die Schultern.

Ich fühle mich bis jetzt mit Daniel gut, wobei es bestimmte Dinge gibt, die auch mir Sorgen bereiten. Ich liebe es, dass er genau weiß, was er will, und dass er seine Träume durchsetzt.

Ich bin bereit, ihn dabei zu unterstützen und seinen Erfolgen genauso wie er entgegenzufiebern. Doch die langen Reisen oder eher der Gedanke, dass er dafür in einen Flieger steigt, zerren an meinen Nerven. Ich bin nicht gerne allein und dennoch weiß ich, dass ich es kann. Ich kann das aushalten, ich bin stark. Aber der Umstand, dass ein einst so geliebtes Unternehmen nun meine größten Ängste zum Vorschein bringt, macht es nicht besser. Und egal, wie oft ich über alles nachdenke, muss ich mich daran erinnern, dass es nur Fake ist. Nichts von dem, was wir tun, ist real, es dient alles nur der Erfüllung unseres Schauspiels.

„Aber nun erzähl, wie ist es bei dir?“

„Bei mir?“, frage ich verwirrt und aus meinen Gedanken herausgerissen.

„Das Baby, der heiße Boss. Die gesamte Firma spricht darüber.“

„Oh Gott“, hauche ich, denn genau das habe ich befürchtet.

„Es war sensationell, wie er zu deiner Rettung geeilt ist und dich auf seinen Armen vom Unglücksort schaffte.“ Karin stößt ein übertriebenes Seufzen aus.

„Karin, bitte. Das ist alles nicht so, wie es scheint.“

„Schade, es wäre besser, als Disney es hätte verfilmen können.“

„Sehr witzig, nein, im Ernst, es ist wirklich schwierig für mich, darüber zu sprechen. Es geht einfach nicht. Aber es ist nicht so golden, wie du denkst.“

„Alles klar, aber nur fürs Protokoll, ich hätte es dir durchaus gegönnt.“

„Und der Typ hat dir echt nur gesagt, dass er kein Baby will?", frage ich nach, um das Thema zu wechseln. Denn die Wahrheit ist, ich wünsche mir insgeheim sehr wohl, dass zwischen mir und Daniel mehr ist als diese dumme Vereinbarung. Er ist den ganzen Tag weg und war auch gestern und vorgestern nicht wirklich so viel anwesend wie davor. Es schmerzt und belastet mich, ich schiebe es auf die Schwangerschaftshormone, denn zuvor hatte ich auch nie Probleme, allein zu sein.

„Schlimmer, Lou. Er hat eine Frau."

Mir bleibt fast der Kaffee im Hals stecken. Die arme Karin, das darf nicht wahr sein.

„Grundgütiger, das tut mir so leid."

„Mir auch, zumindest für das Baby. Aber so kann ich immer noch eine gute Geschichte erfinden. Vielleicht eine von der Soldatenseite?"

„Soldatenseite?"

„Oh ja, es gibt eine Seite mit herzzerreißenden Storys über gefallene Soldaten, die ihre Babys nie kennenlernten. Die Mütter teilen dort ihre Erinnerungen."

„Warum weißt du davon?", frage ich verwirrt, doch sie winkt ab.

„Von meiner Tante, sie leitet eine dieser Selbsthilfegruppen."

„Gott, wie schrecklich."

„Na ja, für die Leute ist es wirklich gut."

„Nein, ich meine, wie schrecklich für die Mütter und Kinder."

„Das auf jeden Fall, aber es ist immer noch besser, als dem Kind zu erzählen, dass der eigene Vater es nicht wollte.“

„Das stimmt“, raune ich und etwas in meinem Unterton muss mich verraten, denn Karin zieht die Augenbrauen herauf und starrt mich an.

„Lou?“

„Alles gut.“ Ich winke ab, doch die ersten Tränen kullern bereits.

„Rede mit mir. Ich wollte nichts Falsches sagen oder unsensibel sein.“

„Es ist okay, es ist nur so, dass mein Vater genau so einer war.“

„Wie meinst du das?“

„Er wollte mich nicht. Er meinte zu meiner Mutter gegen Ende der Schwangerschaft, dass eine Abtreibung wohl besser gewesen wäre.“

Karin sieht mich an, in ihrem Gesicht ist ersichtlich, wie nahe ihr selbst das alles geht. Unsere Freundschaft begann, als wir unsere Ausbildung anfingen. Seitdem sind wir weitestgehend keine Woche ohne die andere gewesen. Aber private Sachen wie diese haben wir uns nie erzählt. Warum auch? Was hätte es gebracht oder geändert? Nichts! Ich habe mir geschworen, nach vorn zu sehen, doch jetzt mitzuerleben, wie meine beste Freundin als Mutter den gleichen Schmerz durchmachen muss wie einst meine … Das tut mir einfach in der Seele weh und zerreißt mein Herz.

Ich habe nie wirklich darüber nachgedacht, wie sie sich gefühlt haben muss.

Neben meinen Geschwistern war meist genügend Aktion im Haus, um selten Zeit zum Nachdenken zu haben. Etliche Männer wechselten bis zu meinem erwachsenen Dasein an ihrer Seite. Aber nie, wirklich niemals hat sie uns das Gefühl gegeben, dass wir wertvoll sind. Ich frage mich, ob es an diesem Vorfall lag. Wird Karin ebenfalls Probleme bekommen, ihr Baby zu lieben? Ich sehe sie an und schüttle den Kopf. Nein. Sie ist anders, sie ist ein Herzensmensch. Niemand könnte sie dazu bringen, jemanden nicht zu lieben. Meiner Mutter fehlte die Zuversicht, es auch alleine mit uns zu schaffen. Oder eher die Einsicht, nicht alleine zu sein, da wir ja zusammen waren. Mir ist klar, dass Kinder nicht einen Partner ersetzen können, aber es ist sicherlich alleine machbar. Da wird mir klar, dass ich nicht mit Daniel darüber gesprochen habe, wie es weitergeht, wenn das Schauspiel vorbei ist. Ich räuspere mich, um nicht selbst zu tief in meine Gedanken abzusacken. Dafür ist später noch genug Zeit.

„Was hast du jetzt vor? Also, bis auf die Soldatengeschichte."

„Ich weiß nicht, ich werde mich nach einem kleinen Zuhause umsehen, einem Nest für mich und mein Baby. Sobald ich etwas gefunden habe, geht es los und ich baue uns eine sichere Höhle."

„Hast du keine Angst?"

„Natürlich", stößt sie aus und scheint in ihren Gedanken zu versinken. Sie sieht nachdenklich in die Ferne.

„Aber ich glaube, das ist okay, Angst zu haben. Ich werde sie einfach besiegen und das Beste daraus machen."

Die Zuversicht in ihr schwenkt zu mir herüber. Ich nehme sie bereitwillig auf. Denn die kann ich wirklich gebrauchen.

„Ich kann es kaum erwarten, dass das Baby in meinen Armen liegt, und gleichzeitig will ich jeden Tag dieser Schwangerschaft genießen. Ich glaube nicht, erneut eine in meinem Leben zu erleben", raunt Karin.

„Ich habe eher das Bedürfnis, das Baby niemals aus mir herauszulassen, weil ich es nicht beschützen kann."

„Wovor beschützen?"

„Vor all den Gefahren hier auf der Welt. Schau dir doch an, was sie hier alle tun. Krieg, Streit, Betrug, Verderben."

Wir sehen uns an und brechen beide in Gelächter aus. „Die armen Kinder", stoße ich aus.

„Glaube mir, es könnte sie schlimmer treffen", wirft Karin ein und wir brechen erneut in Gelächter aus.

„Ich werde dich an der Arbeit vermissen."

„Ich auch", hauche ich und werfe mich in ihre warme Umarmung.

Danach verabschieden wir uns und ich beschließe, noch etwas durch die Stadt zu wandern, bevor ich zurück zu Daniel fahre oder eher zu seinem Zuhause, denn er selbst wird erst abends heimkommen.

Kapitel 24

DANIEL

Sehnsucht ist ein Zeichen von großer Bedeutung, wenn es um Zwischenmenschlichkeit geht.

Meine Rückkehr ist viel später geworden als geplant und nicht alles verlief so, wie es sollte. Doch Gottes Wege sind oftmals nicht zu Anbeginn ersichtlich. Etwas, womit ich mich schon früh auseinandergesetzt habe. Vor allem, wenn wieder etwas nicht so funktionierte, wie es sollte. Ich habe gelernt darauf zu vertrauen, dass alles einen Grund hat und sich jeder Weg als der richtige offenbaren wird, solange man ihn mit Bedacht und Glauben beschreitet. So hatte ich heute zwar viele Zwischenfälle, die mich immer wieder aufgehalten haben, aber dafür habe ich eines gemerkt: Ich freue mich auf zu Hause und auf die Frau, die dort auf mich wartet. Mit genau diesem Gedanken eile ich die Einfahrt hinauf und öffne die Tür. Sobald ich Schuhe und Jacke abgelegt habe, gehe ich in die Küche, doch sie ist leer. Von hier aus hat man einen freien Blick über die gesamte Wohnfläche.

Mein Blick schweift zu der Frau, die meine Seele berührt hat. Louisa sitzt im Schneidersitz vor dem Kamin in unserem Wohnzimmer und hält ein Buch in ihrem Schoß.

Ihr verträumter Blick lässt mich wissen, dass sie bereits tief in die Welt zwischen den Zeilen eingetaucht ist. Sie sieht auf und schenkt mir das umwerfende Lächeln, in das ich mich verliebt habe. Stopp! Was zur Hölle denke ich denn da? Verliebt. Nein. Aber diese perfekte, unschuldige Frau, die es immer wieder schafft, mich aufs Neue zu verzaubern, macht es mir leicht, genau das zu denken. Ich strecke ihr die Hand hin und sie lässt sich von mir heraufziehen.

„Gutes Buch?"

„Sehr gut, ich benötigte etwas Aufmunterung."

„Wieso, was ist los?"

„Ich war mit Karin im Café. Sie hat den Vater ihres Babys endlich erreicht, aber er will kein Kind. Er will ihr nicht einmal beistehen."

„Was ist sein Problem?"

„Er hat wohl eine Frau. Karin sollte nur eine kleine Abwechslung sein."

„Schwein."

„Sagt der Mann, der mir eine Stelle als Fake-Verlobte gegeben hat?" Sie sieht mich grinsend an.

„Apropos, der Grund meines Fernbleibens wird uns zum Mittagessen beehren."

„Ich verstehe nicht?"

„Meine Eltern und Schwester."

„Dein Ernst? Ich weiß überhaupt nicht, was ich kochen soll, was sie essen. Sind sie Vegetarier? Mögen sie Vorsuppe? Woher soll ich wissen, dass ich alles richtig mache?"

Ich lache und schüttle den Kopf.

„Louisa, sie wollen dich einfach nur kennenlernen. Selbst wenn du einen Hummer servieren würdest und sich dieser als lebend herausstellt und vom Tisch schleicht, würde es keiner mitbekommen."

„Also keine Vegetarier? Und übrigens, wenn dies deine Devise ist, mich zu beruhigen, solltest du sie noch einmal überdenken."

„Ich bin erschöpft und ich denke, etwas Ruhe wird uns nicht schaden."

„Ich muss vorher ins Badezimmer, wir treffen uns dort", ruft sie und geht los.

Mit einem Schmunzeln auf den Lippen begebe ich mich zum Schlafbereich und dimme das Licht. Es dauert nicht lange und Lou kommt aus dem Badezimmer.

„Du kannst, ich habe dir das Licht angelassen", raunt sie und schlüpft unter die weiche Bettdecke.

„Ich bin gleich zurück."

„Das hoffe ich, denn ich habe dich wirklich vermisst, auch wenn du nur einen Tag weg warst."

Ich zwinkere ihr zu und hechte angesichts ihres stillen Versprechens regelrecht ins Bad. Meine Aktion scheint sie zu erheitern und so setze ich noch einen drauf und tue, als ob ich mich noch mehr beeile, was sie erneut zum Lachen bringt. Sobald ich die Tür schließe, schaue ich mich um.

Mein Blick fällt auf mein Spiegelbild und für einen kurzen Moment schieben sich all die Gespräche der letzten Tage in meine Erinnerung. Eine unserer Organisationen kümmert sich um alte Menschen auf dem Land, die nicht wie wir in New York leben, sondern in Teilen der Welt, in denen selbst das Internet noch keine Selbstverständlichkeit ist. In diesen Dörfern sind hauptsächlich ältere Menschen anzutreffen. Oftmals haben sie keinen Beistand, geschweige denn eine Alternative, diesen durch kurze Reisewege zu erhalten. Das soll geändert werden, weshalb ich und drei meiner besten Kollegen fortwährend zu ihnen reisen und Baupläne erstellen, Besprechungen einberufen, Bildungsangebote offerieren. Heute war es jedoch einfach nur die Besprechung mit meinem Vater und den dreien, die wir kurzerhand einberufen haben, nachdem ich die eigentliche verpasst habe.

Es nimmt viel Zeit in Anspruch, doch das Angebot wird ausgiebig genutzt und zeigt vorwiegend beim Redebedarf der Witwen und Witwern einen großen Einfluss. Sie sind bereit, ihre verbliebene Zeit für die jüngere Generation zu opfern und mehr Infrastruktur in die Orte zu bringen. Das Wohlbefinden steigt mit dem Gefühl der Zugehörigkeit. Die wenigsten dieser Menschen haben noch jemanden, den sie regelmäßig sehen.

Durch das Angebot der neuen Infrastruktur und die Kirche werden dort Treffen stattfinden, die es ihnen ermöglichen, sich auszutauschen.

Ich höre, wie das Feuer im Wohnzimmer-Kamin knistert und ein Holzscheit nachgibt. Das holt mich aus meinen Gedanken. In aller Eile putze ich meine Zähne und beschließe, eine kurze Dusche wird genügen. Sobald ich zurück ins Schlafzimmer komme, sehe ich jedoch meine schlafende, wunderschöne Lou.

Ich habe wohl zu lange gebraucht. Zufrieden, wieder zu Hause zu sein, krieche ich neben sie unter die Decke und ziehe sie an mich heran. Ihr Kopf hebt sich leicht, ihre Haare verteilen sich wie ein Fächer über meinem Arm. Ich spüre die Wärme ihres Körpers, der enger zu mir rückt, und die Entspannung, mit der sie leise aus- und einatmet. Die leisen Geräusche ihres Atems lassen auch mich kurzzeitig ins Land der Träume entfliehen, mit dem Arm um ihren kleinen Bauch, der das schönste Geheimnis aller Zeiten verbirgt.

Der nächste Morgen ist alles andere als entspannt. Ich habe die ganze Nacht darauf gewartet, dass sie aufwacht und mich mit ihren strahlenden Augen anblickt. Doch noch ehe ich meine eigenen öffne, stürmt sie aus dem Bett direkt ins Badezimmer und hängt ihren wohlgeformten Körper über die Porzellanschüssel. Ich höre ihre Würgegeräusche und versuche ihr zuliebe unbeteiligt zu tun, denn mittlerweile weiß ich, wie unangenehm es ihr ist. Statt zu warten oder zu ihr zu gehen, stehe ich auf und bewege mich auf direktem Weg in die Küche. Ich presse ihr einen frischen Orangensaft aus und mache ihr Kaffee. Dann suche ich im Kühlschrank alles für ein Omelett zusammen. Wir haben herausgefunden, dass ihr Magen so verrückt spielen kann, wie er will, Eier gehen immer.

Die Klospülung erklingt und kurz darauf geht das Wasser der Dusche an. Ich überlege kurz, ihr einen Besuch abzustatten, dann entscheide ich mich doch dagegen. Sie muss etwas essen und trinken, sobald sie fertig ist.

Ich decke den Tisch und nehme das Smartphone, um eine Einkaufsliste für das gemeinsame Essen mit meinen Eltern abzusenden. Die Lebensmittel werden frisch vom Markt gekauft und bis an die Tür geliefert. Etwas kostspielig, aber es lohnt sich durchaus, vor allem, wenn man nicht selbst vor die Tür möchte.

Nachdem ich es abgeschickt habe, schaue ich mich in der Küche um und decke den Tisch. Ihre leisen Schritte erklingen hinter mir und eine Duftwolke aus Zitrone und Minze erreicht kurze Zeit vor ihr die Küche. Ihre feuchten Haare hat sie zu einem Dutt hochgesteckt. Die weiche Sporthose fällt locker um ihre Schenkel. Ein Trägershirt bedeckt ihre wundervollen Brüste. Es ist eine Kleidung, die bei jeder anderen Frau langweilig gewirkt hätte. Doch bei Louisa sieht es erotisch und heimelig aus. Ich spaziere zu ihr hinüber.

„Guten Morgen“, raune ich und ziehe ihr den Stuhl zurecht.

„Guten Morgen“, grüßt sie zurück und lässt sich darauf nieder. Ich atme den frischen Duft von Zahnpasta ein und hoffe, es trübt den Geschmack des Frühstücks nun nicht zu sehr.

„Lass es dir schmecken. Ich habe mich auch bereits um die Lebensmittel fürs Essen gekümmert.“

Ihr Gesicht erblasst leicht, sie sieht mich zweifelnd an.

„Ich weiß nicht, ob ich das kann, Daniel.“

„Das werden wir wohl müssen und es muss glaubhaft sein, immerhin ist es meine Familie. Wenn sie den Köder schlucken, dann tut es jeder.“

„Köder?“, fragt sie und ihre Augenbrauen zucken herauf.

„Ente, Falschmeldung, Fake, nenne es, wie du möchtest.“

Sie nickt. „Was hast du bestellt?“

„Gemüse, Fleisch, Törtchen zum Nachtisch. Wir werden schon etwas Anständiges daraus zusammenbrauen.“

„Das hört sich nach Hexerei an“, erklärt sie und kichert.

„Ist es das nicht? Hexenwerk?“

„Du meinst Teufelszeug?“

„Ich hoffe, dass es teuflisch gut wird und sie von allen nervigen Fragen ablenkt, ja.“

Sie sieht besorgt aus und ich habe Mitleid mit ihr. So sollte das natürlich nicht herüberkommen.

„Es gibt Omelett“, versuche ich die Stimmung zu retten. Sie nickt, sichtlich dankbar für den Themenwechsel, und greift nach dem Teller.

Ihre Gabel sticht hinein und mein Blick richtet sich automatisch auf ihre Lippen. Wann war es jemals so sinnlich, dass jemand Eier isst? Sie kaut bedächtig und schluckt ihren Bissen hinunter. Ein sinnliches Geräusch entschlüpft ihrer Kehle und lässt meine eigenen Eier sofort hart werden.

Ich rücke die enge Hose zurecht und trinke meinen mittlerweile kalten Kaffee.

„Wann kommen sie denn?“

„Meine Eltern?“

„Nein, die Lebensmittel und deine Eltern natürlich auch.“

„Wir haben noch gute zwei Stunden, bis die Lebensmittel kommen, und etwa weitere zwei Stunden, um sie zuzubereiten."

„Erzähle mir etwas über sie, damit ich gewappnet bin."

„Eleonora kennst du ja bereits von der Arbeit. Sie ist meine jüngere Schwester und gleichzeitig meine rechte Hand in den Unternehmen. Sie ist ein wahres Ass in der Buchhaltung und Recherche."

„Dann gibt es meinen Vater, er hat damals alles ins Rollen gebracht, meinen Ehrgeiz geweckt, sodass ich ihm beweisen wollte, dass ich sehr wohl etwas Eigenes auf die Beine stellen kann. Daneben unterstützt er bis heute und behält alles im Blick."

„Warum war es dir so wichtig, etwas Eigenes zu machen? Das Unternehmen deines Vaters lief nicht gut?"

„Oh, es lief perfekt, genau das war das Problem. Immer in seinem Schatten zu stehen hätte mich besiegt und vernichtet. Ich brauchte es für mein eigenes Ego."

„Und nun schau, wo es dich hingeführt hat. Besitzer einer Airline", scherzt sie und ich stimme in ihr sanftes Lachen mit ein. Wir wissen beide, dass diese Investition einfach nur aus Rache an dieser Ziege geschehen war.

„Ich bereue es nicht, Lou. Keine Sekunde. Das Einzige, was ich bereue, ist, dass ich so dumm war und dachte, eine einfache Regeländerung würde uns voneinander fernhalten können."

„Na ja, seien wir ehrlich, es hat ja auch zuverlässig funktioniert."

„Nein, es hat dazu geführt, dass du mir nicht einmal von diesem wundervollen Wesen erzählen wolltest.“

„Ich wollte schon“, haucht sie und sieht beschämt aus.

„Aber du hast es nicht.“

„Nein, ich habe es nicht. Ich bin mir nicht sicher gewesen, wie. Es wurde mir erst bewusst, wie sehr ich das tun möchte, als das Flugzeug abstürzte und ich für diesen Moment dachte, dass alles zu spät ist.“

„Ich weiß“, raune ich und schiebe ihr den Rest Ei auf den Teller, den sie dankbar zu verschlingen beginnt.

„Aber eine Frage habe ich immer noch, Daniel.“

„Und die wäre?“ Ich richte meinen Blick interessiert auf sie, warte darauf, dass sie mir sagt, was genau sie wissen möchte.

„Warum spielen wir dieses Spiel?“

Ich nicke, natürlich hat sie ein Anrecht, es zu erfahren. Aber nicht heute, denn ich will, dass sie sich unbefangen meinen Eltern gegenüber verhält.

„Ich verspreche dir, ich erkläre es dir bald. Nur nicht heute.“

„Warum?“

„Das kann ich dir auch erst hinterher erklären und ich hoffe, dass du mir soweit vertrauen kannst, um es einfach so hinzunehmen.“

„Ich habe nicht oft vertraut in meinem Leben und wenn, dann wurde ich bitter enttäuscht.“

„Ich werde mir alle Mühe geben, das nicht zu tun, Lou.“

Sie nickt und erhebt sich, um den Tisch abzuräumen. Ich stehe auf und helfe ihr dabei.

Kapitel 25

LOUISA

Aus Fremden werden Freunde und aus deiner Familie Fremde.

Die Nervosität in mir hat eine neue Stufe angenommen. Ungeahnt und kraftvoll sitzt sie direkt in meinem Magen und scheint nur darauf zu warten, erneut zuzuschlagen.

Gepaart mit dem Sodbrennen der Schwangerschaft, geht es mir dementsprechend und ich fühle mich leicht zittrig.

„Lou, geht es dir gut?"

„Ich glaube, ich muss mich gleich wieder übergeben."

„So aufgeregt?"

„Mach keine Scherze, Daniel, für mich ist es wichtig, dass sie mich mögen. Ich weiß, dass wir ihnen was vorspielen, aber das Enkelkind unter meinem Herzen ist verdammt echt und ich kann mir nicht vorstellen, was es bedeutet, wenn deine Eltern oder gar deine Schwester mich hassen."

Meine Güte, das ist es. Es wäre mein Untergang. Mein Kind würde genauso einsam und ungeliebt aufwachsen wie ich.

„Hey, sieh mich an."

„Wir sind das durchgegangen, mehrmals. Halte dich an die Geschichte und sie werden dich lieben."

Ich kneife kurz die Augen zusammen und atme tief durch, da liegt das Problem. Halte dich an die Geschichte. Ja, das kann ich. Aber ich möchte, dass sie mich in meiner Art lieben und mögen und nicht wegen eines Schauspiels.

„Willst du es ihnen irgendwann sagen?"

„Was?"

„Dass es nur ein Schauspiel war?"

„Nein, ich denke nicht", gibt er wieder und spaziert mit einem Blick aus dem Fenster zur Tür. Er nimmt die Lebensmittel entgegen und schließt die Tür hinter sich, ehe er zurück in die Küche kommt.

Ich gehe zu ihm hinüber, um ihm zu helfen, die Sachen auszuräumen, und hoffe, er merkt nicht, wie angefressen ich genau deswegen bin. Wie sollen sie später mit ihrem Enkelkind umgehen, wenn sie nicht wissen, was zwischen uns wirklich vorgeht?

„Und das Baby?"

„Lou, wir reden später darüber, okay?"

Er wirkt gehetzt, fast genervt. Wie ein verletztes Tier, das in die Enge getrieben wird und um sich beißt. Auf der Suche nach einem Fluchtweg, egal zu welchen Konsequenzen, und ich muss mir eingestehen, dass ich vielleicht zu viel hineininterpretiert habe.

Mein Blick richtet sich auf die Lebensmittel. Ich betrachte das Obst und Gemüse, die Törtchen und das frische Fleisch sowie die Jakobsmuscheln. Auf der Suche nach dem Zitronengras streifen sich unsere Finger, denn er greift im selben Moment danach.

Eine Hitzewelle gleitet durch mich hindurch, aber ich ziehe mich zurück, verkrieche mich in meinem Schneckenhaus, denn irgendwas an unserem Gespräch hat mich stark verletzt. Ist es, dass er es seinen Eltern nie offenbaren will oder dass er mir den Grund nicht nennen will? Er verlangt mein Vertrauen, aber er tut nichts, um mir die Gewissheit zu geben, dieses auch verantwortungsvoll zu nutzen.

„Alles in Ordnung?"

„Ja, natürlich", gebe ich kurz angebunden zurück und beginne das Gemüse zu waschen und zu schneiden. Vielleicht sollte ich zugeben, dass ich es hacke. Ich habe so viel Wut und Enttäuschung über diese Art in mir, dass ich nicht weiß, wohin damit.

„Hey, Lou. Du machst ja alles kurz und klein", wirft er ein und Tränen schießen mir in die Augen.

„Wenn ich es dir nicht recht machen kann, dann mach es dir doch einfach selbst", fluche ich und eile ins Badezimmer.

„Louisa", ruft er hinterher, aber ich lasse die Tür kraftvoll ins Schloss fallen und drehe den Schlüssel herum, ehe ich mich meinen Tränen hingebe. Du meine Güte, diese Hormone bringen mich um. Aber ich kann nichts dagegen tun.

Alles fühlt sich so gemein und kalt an. So mies und unvernünftig ich mich auch damit jetzt verhalten habe, ich komme nicht dagegen an. Für diesen Augenblick ist es alles, was ich tun kann. Mich meinen Tränen hingeben und versuchen mich so schnell wie möglich zu beruhigen. Wir haben eine Abmachung, einen Vertrag. Ich muss einfach lernen, es als das zu sehen, was es ist. Eine Arbeitsstelle. Meine Gefühle müssen hintanstehen und mein Verstand muss überwiegen.

Als ich mich so weit gefasst habe, gehe ich zurück in die Küche.

„Entschuldige."

„Alles gut, ich habe das Gemüse angeschmort und den Blätterteig ausgerollt. Er kann also gefüllt werden. Das Fleisch ist im Ofen und die Jakobsmuscheln auf dem Kontaktgrill."

„Dann habe ich Zeit, mich umzuziehen", werfe ich ein und hoffe, dass er mich gehen lässt. Denn in seiner Gegenwart scheinen alle guten Vorsätze, mich zu beherrschen, dahinzuschmelzen.

„Natürlich, mach das. Ich habe hier alles im Griff."

„Ich decke danach den Tisch ein." Mit schnellen Schritten verlasse ich die Küche und somit die Gefahrenzone.

Im Schlafzimmer angekommen, öffne ich das Abteil des Kleiderschrankes mit meinen Kleidern und schaue kritisch auf die Auswahl. Ich entscheide mich schlussendlich für ein midilanges Samtkleid in dunklem Blau und eine blickdichte Strumpfhose.

Meine Haare lasse ich offen und flechte nur die vorderen Seiten an der Stirn, damit sie mir beim Essen nicht ins Gesicht oder den Teller hängen.

Ein prüfender Blick in den Spiegel lässt mich trotz aller Mühe zusammenzucken. Die Tränen haben Spuren hinterlassen und mein Ebenbild gleicht einem Waschbären. Dunkle Ringe schmücken meine Augen und lassen mich zum Make-up greifen. Ein Griff, den ich sonst höchstens für die Arbeit getan habe. Aber da sind wir wieder beim Thema, es ist nicht mehr als ein Job!

Mein Herz zieht sich zusammen und straft mich mit meiner eigenen Lüge. Daniel Delous ist weit mehr als ein Job, weit mehr als nur mein Boss. Mein Herz weiß es, mein Verstand weiß es, ich weiß es und doch versuche ich mich dagegen zu wehren.

Ich fühle mich verwirrt, bin verärgert über meine eigenen Empfindungen und versuche mich zu beruhigen. Was leider schwieriger ist als gedacht. Alles in mir scheint in Aufruhr. Ich fühle mich verletzt, dass er seinen Eltern nicht die Wahrheit sagen möchte, und mir kommt der Gedanke, dass mehr dahinterstecken könnte. Das wiederum versetzt mich in Angst, denn ich war unachtsam und habe ihm mein Herz geöffnet.

Kapitel 26

DANIEL

Manchmal reicht eine einzige Träne aus, um Antwort auf etwas zu sein, für das Worte niemals genügen würden.

Das Essen ist fertig und ich sehe zu Louisa hinüber, die geschäftig den Tisch deckt. Mir entgeht nicht, dass sie geweint hat, und ich frage mich, was zur Hölle los ist. Ich muss den Moment verpasst haben, in dem ich sie verletzt habe. Mir ist nicht wirklich klar, wo das Problem liegt oder was daran so falsch war, aber irgendwas muss es gewesen sein.

„Lou?“

„Was?“ Ihre Stimme klingt erstickt und ich zucke automatisch zusammen.

„Was ist los?“

„Nichts.“

„Lüge mich nicht an.“

„Ach stimmt, nun kommen wir wieder zum Thema Vertrauen?“

„Bitte?“

„Ich soll deine Fragen beantworten, aber du beantwortest meine nicht. Wenn ich dich etwas frage, weichst du aus. So funktioniert das nicht im Leben, Daniel.“

„Ich weiche dir nicht aus und ich habe dir erklärt, dass ich es dir später erklären und alles beantworten werde."

„Warum später? Damit ich mir vorher nichts anmerken lasse?"

„Ja", gebe ich trocken zu, denn genau darum geht es. Ich möchte, dass sie meiner Familie unbefangen gegenübertritt. Es ist genug, dass ich und Eli sowie mein Vater das Wissen in uns tragen, dass diese gemeinsamen Tage gezählt sind.

„Also, dann ist doch alles geklärt. Ich spiele die Unwissende …", sie hält inne und sieht mich an, „nein, die muss ich ja nicht mal spielen."

„Louisa", knurre ich ungewollt rauer als beabsichtigt, denn das Ganz ist für mich selbst ebenfalls nicht leicht. Klar, das kann sie nicht nachempfinden, denn ich habe es ihr nicht erklärt, aber es muss auch so für sie einleuchtend erscheinen, dass ich nicht leichtfertig so entscheide.

„Verzeih, ich habe vergessen, dass eigenständiges Denken und Forderungen zu stellen nicht in meinem Arbeitsvertrag enthalten ist."

„Wow, weißt du was? Die Schwangerschaftshormone lassen dich zu einer ziemlichen Zicke werden, wie wäre es, wenn du dein Gemüt etwas abkühlst, bevor meine Familie hier eintrifft?"

Sie sieht mich wütend an und ich erkenne den Moment, in dem meine Worte zu ihr durchdringen. Schuldbewusst blickt sie zu Boden.

„Es tut mir leid, du hast recht." Sie wendet sich ab und geht ins Badezimmer.

„Mir tut es auch leid", raune ich, obwohl sie mich nicht hören kann. Ich kann mir nicht vorstellen, in welcher Lage sie sich befindet und wie stark diese Veränderungen einen mitnehmen. Es tut mir wahnsinnig leid, dass sie zurzeit da durchmuss. Ich würde, wenn ich könnte, jederzeit mit ihr tauschen. Aber es geht nicht. Einem Impuls folgend, nehme ich mein Smartphone heraus und setze mich an die kleine Theke in der Küche. Es dauert noch, bis die anderen eintreffen, also habe ich noch Zeit. Ich bemühe die Suchmaschine und vertiefe mich in den Text.

Es macht keinen Unterschied, wie sehr du dich vorbereitet hast. Die Aufregung wird dich eiskalt erwischen. Dieser Moment ist einer der wichtigsten Momente in deinem Leben. Abgesehen davon, dass die Frau die meiste Arbeit leistet, um das Kind auf die Welt zu bringen, so gehörst du als fester Teil dazu.

Manchmal fragst du dich bestimmt, was du in dieser Zeit für eine Rolle spielen solltest. Die Zeit der Geburt sollte ganz allein euch beiden gehören, zur Sicherheit natürlich mit entsprechendem Entbindungspersonal.

Ich schüttle den Kopf, wer bitte soll auf die Idee kommen, eine Geburt allein durchzuziehen? Mein Blick gleitet erneut auf den Text.

Es ist ein entscheidender Zeitpunkt in eurem Leben, der dieses für immer verändern wird.

Habe keine falsche Scheu zu fragen, wenn dir etwas unklar ist.

Unter einem Geburtsvorgang kann es oft auch zu heftigen Wutausbrüchen oder Schmerzensschreien kommen. Nimm es ihr nicht übel, sollte eine Wutattacke dich treffen. Sie ist überlastet und weiß nicht, wohin mit ihrer Wut.

Versucht einander abzulenken mit lustigen Videos, Fotos oder auch Unterhaltungen. Ruft eure schönsten Erinnerungen hervor. Begegnet dieser Zeit mit Entspannung. Diese neue und aufregende Zeit wird der Beginn von etwas ganz Großem für euch. Jeder Schmerz einer Wehe, jeder Schmerz der Dehnung, der gemeinsam bestanden wird, bringt euch ein Stück näher. Es vereint euch und lässt euch gemeinsam den Weg für euer Babyglück ebnen.

Die Badezimmertür öffnet sich und Louisa kommt heraus. Ich stecke das Smartphone in meine Hosentasche und gehe auf sie zu, werde auf halbem Weg jedoch gestoppt, denn es klingelt an der Tür.

Meine Familie stürmt herein, unaufhaltsam und neugierig auf der Suche nach Lou. Ich hoffe, sie hält diesem Überraschungsangriff stand, denn die drei können schon sehr beängstigend sein.

„Du musst Louisa sein", höre ich meine Mutter rufen und werfe einen Blick über die Schulter. Sie ist bereits bei ihrem Objekt der Begierde angelangt und schlingt ihre Arme um Louisas schmalen Oberkörper.

Ich selbst gehe zu meinem Vater hinüber und schenke ihm ein Glas guten Scotch ein.

„Auf einen angenehmen Tag."

„Wie viel hast du ihr gezahlt?", scherzt er und hat keine Ahnung, wie nah er an der Wahrheit dran ist. Ich entscheide mich dazu, mir ebenfalls ein Glas einzuschenken. Es kann nicht schaden.

„Also erzähl mir alles, wo habt ihr euch kennengelernt, wie ist es, so frisch verliebt zu sein? Gott, das ist ja schon so lange her."

Eleonora wirft Louisa einen entschuldigenden Blick zu, doch diese lächelt sanft und beugt sich der Fragerunde meiner Mutter. Vaters Telefon klingelt und er entschuldigt sich, um dranzugehen, also wende ich mich Eli zu.

„Wie hast du die Fahrt überstanden?", frage ich und sie grinst.

„Ich hatte noch ein wichtiges Meeting und bin deswegen selbst hergefahren. Du glaubst doch nicht, dass ich mich auf so engen Raum mit Mutter setze, wenn sie ihren Beutezug plant?"

Ich lache und schüttle den Kopf. „Nein, da hast du recht." Dann runzle ich die Stirn.

„Aber was für ein Meeting?"

Eleonora bekommt rosige Wangen, und das kenne ich so gar nicht von ihr.

„Mit dem Co-Piloten vom Absturz. Wegen seiner Rehabilitation."

„Eli", stoße ich aus, denn das kann sie nicht bringen.

„Was? Natürlich, ich kenne deine Regel, die du ja so gut selbst befolgt hast." Sie blickt mich an und ich kann kurzfristig die Frustration in ihrem Blick erkennen.

„Du musst dir keine Gedanken machen, da ist nichts!", faucht sie und geht in die Küche zurück, entkorkt den Wein und schenkt sich ein Glas ein.

Ich sehe sie besorgt an, denn so aufgewühlt kenne ich sie gar nicht.

Vielleicht war ich so sehr in meinen eigenen Problemen verstrickt, dass ich vergessen habe, auf meine Schwester zu achten. Ich nehme mir vor, später auf jeden Fall ein klärendes Gespräch mit ihr zu suchen. Doch zuerst muss ich Louisa retten, die leicht befangen meiner Mutter Rede und Antwort steht.

„Wie wäre es mit einer kleinen Vorspeise", rufe ich und klatsche auf dem Weg in die Küche freudig in die Hände.

Das Glück scheint auf meiner Seite, denn sie lassen sich ablenken und kommen herüber. Sobald wir alle sitzen, greife ich nach Louisas Hand und streiche sanft mit dem Daumen über ihren Handballen.

„Liebling, möchtest du das Essen eröffnen?"

„Eröffnen?", fragt sie sichtlich hilflos. „Mit einem Gebet?"

„Wenn du dich damit wohlfühlst, ich dachte eigentlich daran, die Folie zu entfernen, da du am nächsten sitzt."

Am Tisch herrscht Stille, Lou räuspert sich und zieht die Folie herab. Sobald sie die Servierplatte in die Höhe hält und meiner Mutter reicht, scheint die Starre aus allen Anwesenden zu weichen. Gespräche beginnen an jeder Ecke des Tisches und ich zwinkere Louisa zu.

„Es schmeckt vorzüglich", lobt Eli und isst eine der Jakobsmuscheln vom Zitronengrasstängel.

„Daniel hat gekocht", erklärt Lou und schenkt mir ein sanftes Lächeln. Anscheinend haben sich ihre Hormone wieder gelegt.

Meine Gedanken driften ab und bevor ich mich versehe, gehen wir zum Hauptgang über.

„Also, Louisa, erzähl doch mal. Wie ist es so, als Stewardess zu arbeiten? Der Absturz war ja fürchterlich."

Ich starre meine Mutter entsetzt an, mein Vater räuspert sich vernehmlich und Eli schaut verstohlen vom Rand ihres Weinglases herüber.

Die Einzige, die es sehr gelassen nimmt, ist Louisa selbst.

„Das ist eine gute Frage. Bevor ich das erlebt habe, hätte ich gesagt, es ist der Traum auf Erden. Aber seit diesem Tag bin ich da wirklich etwas zurückhaltend. Ich denke, es ist ein wundervoller Beruf, der einem viele Erfahrungen schenken kann, viele Besuche auf der ganzen Welt, neue Menschen, neue Kulturen. Aber er lehrt auch, dass es jederzeit vorbei sein kann. Ein Wimpernschlag, und alles ist vorbei."

Meine Mutter sieht sie nachdenklich an und nickt, in ihren Augen liegt Verständnis und es ist, als hätten die beiden Frauen eine Verbindung, die wir anderen nicht verstehen können, bei der wir einfach nicht mitzureden haben.

„Ich gehe morgen zu meinem Lieblingsfriseur, wie wäre es, wenn du mich begleitest? Etwas Wellness nach all dem Stress wird guttun", schlägt meine Mutter vor und ich schaue sie überrascht an. Nicht einmal Eli kommt mit zu diesen Besuchen. Das ist ihre ganz private Zeit, ihre Wellness.

„Sehr gerne", haucht Lou und scheint sich, auch ohne es zu wissen, dieser Ehre bewusst.

Wir bringen das Essen gut hinter uns und nehmen im Wohnzimmer Platz. Ich serviere die Sektflöten mit den alkoholfreien Cocktails darin. Dann schleiche ich zurück in die Küche und atme tief durch. Ich ziehe erneut das Smartphone hervor und öffne die Suchleiste.

Nun ist es so weit, die Zeit, in der ihr euch kennenlernt. Du als Vater wirst zum ersten Mal dein Baby halten, fühlen und bestaunen. Um den neuen Erdenbürger zu begrüßen, reisen so manche an. Aber hier gilt ganz klar, erlaubt ist nur, was dir und der Mutter zusagt. Ihr müsst euer Kind nicht herumreichen. Wenn sich das nicht richtig anfühlt für euch, dann sagt das offen und ehrlich.

Ich schnaufe; als ob jemand mein Kind berühren würde, ohne dass ich es will! Aber ja, wahrscheinlich kommt man leicht in den Konflikt, es Oma und Opa, Tante und Freunden nicht verwehren zu wollen, und hätte doch gerne mehr Zeit allein.

Neben den eigenen Bedürfnissen ist ebenfalls an das Befinden des Babys zu denken, die Reizüberflutung des Babys. Euer Baby kennt bis dato nur den Herzschlag seiner Mutter. Ihre Stimme oder die von euch beiden. Dann folgt eine anstrengende Geburt. Mit dem Atmen ist das erste Mal auch Schmecken und Riechen vorhanden. Es muss Licht und Lautstärken wahrnehmen und verarbeiten. Alles neu, alles fremd.

Nehmt euch also eure Familienzeit. Geht bei allen weiteren Schritten des Kennenlernens wie den Besuchsempfang in der Geschwindigkeit vor, wie ihr es für richtig erachtet. Sprecht offen darüber. Auch wenn es auf Unverständnis trifft, es geht nicht um einen Beliebtheitsstatus, sondern euer Baby. Ihr seid sein Halt.

Was euch jetzt nicht so schön erscheint, kann später eine tolle Erinnerung darstellen, also geizt nicht mit Fotos und gönnt euch ein paar Bilder für die Ewigkeit. Erst recht in den ersten Stunden nach der Geburt ist diese gut zu sehen. Der Kopf bewegt sich durch den Geburtskanal und die weiche Schädeldecke kann sich dafür etwas verschieben. Manchmal haben Kinder leichte Druckstellen oder einen Spitzkopf, später sind diese Momente etwas Besonderes, an das man sich gerne erinnert, also macht ein paar Fotos, auch wenn es euch in diesem Moment …

„Was zur Hölle liest du da?", erklingt die Stimme meiner Schwester hinter mir und lässt mich zusammenzucken. Ertappt wische ich über den Bildschirm und schließe ihn vor ihren Blicken.

„Warum schleichst du dich so an?", grolle ich, immer noch erschrocken.

„Ich habe mit dir gesprochen, seit ich diese Küche betreten habe. Zumindest, bis mir bewusst wurde, dass du mir nicht zuhörst", säuselt sie und sieht mich abwartend an.

Ich schenke ihr keine Reaktion, starre stur geradeaus und versuche auf die Schnelle herauszufinden, was ich jetzt erwidern kann, um ihr auszuweichen.

„Also?", fragt sie.

„Ich informiere mich für die Mitarbeiterinnen."

„Du weißt aber schon, dass ich die Akten einsehen kann?"

„Was willst du damit sagen?"

„Dass ich enttäuscht bin, dass du es mir nicht erzählt hast. Ich habe gezweifelt, ob es wirklich so ist, aber jetzt bin ich mir sicher."

„Eli", raune ich.

Sie sieht mich an und ist sichtlich verletzt. Ich gehe auf sie zu und bleibe nahe vor ihr stehen. Sie schüttelt ihren Kopf und seufzt.

„Was soll es."

„Nein, komm, Eli, du weißt, dass ich dich liebe."

„Wie kannst du mir dann verschweigen, dass du Vater wirst?"

„Ich wusste es selbst nicht."

„Aber anscheinend weißt du es ja nun und ich habe es nicht von dir erfahren."

„Das stimmt. Ich denke, ich bin bis jetzt nicht so weit, es zu erzählen."

„Warum?"

„Ich habe einen Plan."

Sie sieht mich an, seufzt erneut und schüttelt den Kopf, ehe sie die Arme vor der Brust verschränkt und abwartend mit der Fußspitze auf dem Boden auftippt.

„Es geht um Mutter."

„Oh, Daniel, nein", raunt Eli, die anscheinend ahnt, in welche Richtung mein Plan geht.

„Warum nicht, Eleonora?"

„Weil das ihre Entscheidung ist!"

„Aber wir sind ihre Kinder, wir haben dabei mitzureden."

„Nein, das haben wir nicht. Wir haben für sie da zu sein und sie zu unterstützen, aber es ist ihr Leben. Ihr Körper. Ihre Entscheidung. Versuche nicht, sie mit so etwas zu erpressen."

„Ich erpresse sie nicht, ich biete einen Grund zum Kämpfen."

„Nein, wir wissen beide, was du planst, und das wird nicht funktionieren. Mache ihr keine Schuldgefühle. Lass sie ihre Entscheidung nicht bereuen."

„Ich will doch nur, dass sie ihr Enkelkind erleben kann."

„Darf ich dich etwas fragen?"

„Tust du es nicht ohnehin?"

„Ich meine es ernst und erwarte eine ehrliche Antwort."

„Du bist wirklich der Vater des Kindes, oder?"

„Was willst du damit andeuten?"

„Dass ich dir durchaus zutraue, es vorzuspielen."

„Wow, Eli. Das überrascht mich. Selbst wenn du manchmal bissig bist, ist das eine ganz neue Obergrenze, die du damit erreichst."

„Es tut mir leid." Sie schaut mich an, dann schüttelt sie erneut ihren Kopf. „Nein, es tut mir nicht leid. Ich möchte es einfach nur wissen, immerhin sagen wir uns sonst alles und hier hast du mir nichts erzählt."

„Ich bin der Vater."

„Was ist denn hier los?", erklingt die Stimme unseres Vaters hinter uns und lässt uns beide ertappt herumfahren. Sein Blick lässt deutlich erkennen, dass er mehr gehört hat, als er sollte.

Kapitel 27

LOUISA

Die Gefahr in der Liebe besteht darin, dass sie wie eine Brücke nur bestehen kann, wenn sie von beiden Seiten aufgebaut wird. Ansonsten kann sie jederzeit einstürzen und dich in einen freien Fall versetzen.

Ich bin vollgefressen und mein Bauch fühlt sich zum Bersten gespannt an, ebenso wie meine Brüste, wobei es bei denen eher schmerzvoll ist. Ich bewege mich vorsichtig auf die Couch zu. Das Essen war ein voller Erfolg und ich freue mich wirklich darauf, morgen den Tag mit seiner Mutter zu verbringen. Irgendwas an ihr hat mir das Gefühl gegeben, dass sie mich verstehen kann. Es ist, als würde sie genau wissen, was ich meine, wenn ich sage, dass es ein anderes Leben ist, nachdem man sich bewusst geworden war, wie schnell es vorbei sein kann.

Ich habe sie sofort ins Herz geschlossen und umso mehr tut es weh, ihr gegenüber nicht ehrlich sein zu können. Es fühlt sich falsch an.

Meine Gedanken werden jäh unterbrochen, als ich sehe, wie Daniel hereinkommt.

Sein Anblick raubt mir immer wieder aufs Neue den Atem und auch, wenn meine Hormone verrücktspielen, solch ein Prachtexemplar wie ihn lässt man einfach nicht unbeachtet. In meiner Brust bildet sich ein aufgeregtes Kribbeln, sowie mir erneut bewusst wird, dass er der Vater meines Kindes ist.

Sein Blick legt sich auf mich, es glänzt das gleiche Verlangen, das auch mich plötzlich befällt. Ich sehe es in seinen Augen, spüre die Vorfreude durch meinen Körper kribbeln. Er kommt langsam wie ein Raubtier näher. Ich blicke zu ihm. Sehe, wie er seine Hose abstreift und sich nur mit Shirt und Shorts auf das bequeme Sofa setzt. Einem Impuls folgend, halte ich seinem Blick stand, sehe die leichte Ausbuchtung in seinen Shorts und greife nach meiner eigenen Kleidung, bis ich nur noch in Top und Slip neben ihm sitze.

„Bequemer", raune ich und unterdrücke bei seinem laut klingenden Atem mein Grinsen.

In meinem Spitzentop und dem Slip mache ich es mir bequem. Die Wärme seiner Schenkel strahlt zu mir herüber und weckt den Wunsch, mich näher zu ihm zu setzen. Er scheint das gleiche Verlangen zu haben, denn er kommt herüber, rückt näher, bis ich bei jedem Atemzug seinen Atem in meinem Nacken vernehme. Er ist heiß und sinnlich, lässt alle Nervenenden erwachen und schnelle Impulse durch meine Wirbelsäule über meinen gesamten Rücken rasen.

Zwischen meinen Schenkeln breitet sich ein Brennen aus, das so einfach nicht zu lösen sein wird.

Ich weiß, was gegen den Druck hilft, und er weiß es ebenso, sein Blick verrät ihn.

Er sieht mich fragend an und lässt wie unbeabsichtigt den Arm hinter mich gleiten.

„Du wirkst etwas angespannt."

„Ich glaube, der Tag war alles andere als einfach", bestätige ich. Mein Blick streift erneut seinen Schoß. Er ist groß und hart. Alles, was ich will, ist, ihn zu spüren. Ich möchte, dass er mich erneut ausfüllt, dass er mir zeigt, wie sehr er mich will. Meine Hüften stoßen leicht gegen ihn, die Wärme seines Körpers lässt mich erzittern. Mein Atem kommt genauso abgehackt wie seiner hervor. Mit einem Mal packt er mich und hebt mich auf seinen Schoß. Ich kenne die Position, befand mich bereits einmal in ihr. Es fühlt sich an, wie nach Hause zu kommen. Daniel stößt den angehaltenen Atem aus.

Er ist genauso erregt wie ich. Seine pralle Eichel drückt sich gegen mich, der feine Stoff meines Höschens und seiner Shorts bietet weitestgehend kein Hindernis. Gut so, denn ich benötige dieses Gefühl. Seine Hände schlingen sich um meine Hüfte und zwingen mich stillzuhalten. Ich schnurre und passe mich seinem Griff an, bewege nur meine Hüften und schiebe sie leicht über seine pralle Lust, lasse ihn tiefer gegen meine feuchte Hitze prallen. Das bringt ihn dazu, aufzustöhnen. Ich recke mich ihm entgegen, die Hitze seines Atems streift meinen Nacken, gleitet über mein Ohr und lässt mich zitternd auf ihm zurück. Seine Zähne vergraben sich in der weichen Haut an meinem Hals und er beißt sinnlich zu.

Ich stoße ein überraschtes Quietschen aus. Er knurrt etwas Unverständliches nach meinem Schreckenslaut und im nächsten Moment spüre ich, wie er meinen Slip zur Seite reißt. Seine Finger finden ihren Weg in meine Nässe und lassen mich erneut undefinierbare Geräusche, gefangen zwischen Lust und Qual, ausstoßen.

Ich fühle, wie sich meine inneren Muskeln um ihn zusammenziehen. Ich reite auf seinem Finger, lasse jedes Schamgefühl in den Hintergrund verschwinden. Ich habe keine Ahnung, wie lange das mit uns geht, aber ich will verdammt sein, wenn ich es nicht genieße.

„Oh ja, du bist mehr als bereit", flüstert er und biegt seinen Finger etwas weiter nach hinten. In dieser Position erreicht er genau meinen inneren Punkt. Ich fühle, ich bin mehr als bereit.

Ich schiebe mich näher an ihn heran, umklammere seinen Körper mit meinen Schenkeln, dränge mich gegen ihn. Meine Hand gleitet nach unten zwischen uns, ich hebe mein Becken an und befreie seinen Schwanz. Seine pralle Spitze schwillt weiter an, er ist dick und heiß in meiner Hand. Seine Lusttropfen verteilen sich zwischen meinen Fingerspitzen und lassen ihn leichter hindurchgleiten. Immer wieder gleiten sie über seine vor Feuchtigkeit glänzende Kuppe. Ich drücke seinen Schwanz zwischen uns herauf, spüre, wie er sich zwischen meine Nässe drängt.

„Bist du sicher?"

„Hast du Angst um deine Couch?"

„Louisa, ich werde dich im ganzen Haus in jeder erdenklichen Position nehmen."

Er zieht sich zurück, dringt nicht in mich ein. Ich protestiere, schiebe mich ihm entgegen, aber er hält sich zurück. Sein Schwanz dringt zwischen meine Schamlippen, aber nicht in mich hinein, stattdessen reibt er pausenlos über meinen Kitzler. Ich schreie auf, die Frustration wird zu groß. Ich brauche ihn jetzt in mir, muss ihn in mir spüren. Bei jedem Vordringen seiner Hüfte versuche ich Einfluss auf sein Eindringen zu nehmen. Doch Daniel ist schneller, er grinst und quält mich weiter. Immer wieder schiebt er sich bis zu meinem Kitzler vor und zurück. Seine Länge ist nass von meinem Saft. Ich spüre, wie er mit der gesamten Pracht auf meine Schamlippen schlägt. Immer wieder klatscht sein heißes Fleisch auf meine wartende Hitze. Ich erstarre kurz, das ist Neuland für mich. Es ist wie tausend kleine Stromschläge, die sich zu einer riesigen Explosion zusammenbrauen. Es fühlt sich an wie ein Sog, der unablässig seinen Druck weiter aufbaut. Ich will, dass es niemals endet, und doch will ich ihn so sehr in mir. Die Erregung ist so groß, dass ich ihn überall in mir brauche, um mich auszufüllen, mich erneut in diese Schwerelosigkeit gleiten zu lassen. Er ist genau, was ich brauche, er ist alles, was ich will. Sein Schwanz pulsiert an meinem Eingang und ich bin mehr als bereit, ihn einzulassen. Er drückt mit seiner Schwanzspitze gegen mich. Mein Körper öffnet sich ihm freiwillig, will ihn tief in sich willkommen heißen.

„Grundgütiger, Louisa, ist das eng“, stöhnt er und sein Atem streicht über meine erhitzte Haut an Hals und Brustansatz.

„Es war auch vor dir lange Zeit im Urlaubsmodus“, flüstre ich und spüre, wie sich meine Muschi langsam erneut seiner Länge und vor allem Breite anpasst. Ich bin kurz von der alten Scham befallen, doch für diese bleibt keine Zeit. Daniel streicht erneut mit seiner Hand zwischen uns herab. Seine flinken Finger finden meinen Kitzler und bearbeiten ihn, während sein Schwanz sich tiefer in mich bohrt. Ich dränge mich vorsichtig gegen ihn, versuche einen gemeinsamen Nenner zu finden. Unsere Bewegungen passen sich einander an. Wir finden den gleichen Takt.

Ich merke, wie er immer tiefer in mich hineingleitet, bis sein Hoden bei jedem Stoß gegen meinen Hintern klatscht. Das Gefühl ist unbeschreiblich. Ich erlebe den sich bildenden Druck seiner Finger auf meinem Kitzler wie durch einen Nebel purer Lust. Er lässt mich mit jeder Bewegung zusammenzucken, ich muss mich bewegen. Ich will ihn tiefer in mir spüren.

Ich will seine harten Stöße empfangen und ihm genauso viel Lust bereiten. Aber Daniel ist nicht bereit dazu, er hält sich zurück. Alles an seinen Bewegungen ist sanft und vorsichtig. Frustriert knurre ich auf, stoße mich hart zu ihm hinab.

„Was, Louisa, was willst du?“

„Ich will, dass du mich richtig nimmst.“

„Ich kann nicht.“

„Warum?“

„Weil ich nicht aufhören kann, wenn ich beginne.“

„Was ist daran so schlimm?“

„Ich könnte in diesem Wahn das Baby verletzen.“

„Ich glaube nicht, dass es dem Baby hilft, wenn du so weitermachst und ich vor Verlangen sterbe.“

In seinen Augen flackert pure Lust auf. Genau die, die ich ebenfalls fühle. So ist es gut, ich brauche ihn genauso bereit wie mich selbst, die Grenzen hinter uns zu lassen. Er lacht und seine flache Hand klatscht auf meinen Arsch, es brennt. Ich keuche, ich versuche den Schmerz festzuhalten. Er wandelt sich in Verlangen, lässt meinen Körper erzittern.

Seine Zunge gleitet über mein Ohr, umkreist es und dringt sacht ein Stück ein. Eine Gänsehaut zieht sich über meinen gesamten Körper, lässt jede Berührung und Empfindung stärker werden. Seine Hand umfängt meinen Hals und massiert sanft den hinteren Nackenteil. Grundgütiger, so viele Empfindungen hatte ich noch nie auf einmal. Das ist nichts im Vergleich zu dem gewohnten Missionarsstellungssex, den ich früher erlebt habe. Ich kann es nicht einmal vergleichen, denn es gibt keinen Ansatzpunkt dafür. Daniel ist ein Gott in dem, was er tut, und ich bete ihn an. Seine Bewegungen werden härter. Ich fühle mich in purem Glück gefangen. Meine Fingernägel vergraben sich wie automatisch in seiner Schulter. Ich gehe auf die Knie, um mehr Kraft zu haben, nehme seine Stöße an und gebe sie ihm wieder. Ich tauche komplett in unsere Bewegungen ein. Seine Hände umfassen erneut meine Hüften. Er hebt mich an und gleitet aus mir heraus. Ich starre entsetzt auf ihn hinab.

„Was machst du?“

„Drehe dich“, raunt er.

Ich zögere kurz, stelle mich auf und tue, was er sagt. Mein Rücken ist seinem Gesicht zugewendet und er hebt mich hoch und setzt mich erneut auf seinen Schoß. Seine pralle Spitze streicht direkt erneut durch meine Hitze. Er gleitet tiefer und taucht problemlos zwischen meine Schenkel und tiefer. In dieser Position ist er noch größer und härter. Ich kann kaum atmen, alles, was ich kann, ist, mich auf das atemberaubende Gefühl zu konzentrieren. Seine Finger gleiten in meine Haare.

Er zieht meinen Kopf nach hinten in den Nacken. Seine Zunge zieht eine feuchte Spur an meinem Hals herauf, gleitet über mein Ohrläppchen. Er lässt seinen Atem darüber fließen. Die feuchte Hautstelle kribbelt und schickt dieses Kribbeln durch meinen gesamten Körper. Meine Hüfte senkt sich herunter auf seinen Schoß. Sein Schwanz bohrt sich tief in mich hinein. Seine Hände streifen herab, halten meine Hüften und festigen den Takt. Es ist wie eine sinnliche Melodie, aus der ich nie wieder auftauchen will. Wie ein Ohrwurm, der sich tief in dein Gedächtnis gräbt.

„Komm für mich, Louisa."

Seine Stimme streift in meine Ohren, wickelt sich um meine Nervenzellen und sendet etliche kleine Impulse zu einem riesigen Knoten in meiner Mitte. Der Knoten schlingt sich enger, fesselt mich und zerreißt mit seinem nächsten Stoß. Eine riesige Explosion reißt mich davon.

Erschöpft, aber überglücklich sacke ich gegen ihn, spüre, wie er sich ein letztes Mal in mich presst und sich in mir verteilt.

Seine Hände streichen über meine Seiten, schieben sich an meinen Brüsten entlang und umfassen sie. Er knetet sie sanft und lässt mich damit länger in diesem wundervollen Schwebezustand der puren Lust.

„Dein Körper ist mein Untergang", raunt er und ich schließe genüsslich die Augen, vertiefe mich in seine sanften Berührungen.

„Ich hatte gehofft, du zielst mehr auf mein Inneres", raune ich und er lacht trocken auf.

„Mehr als diese Ladung, die ich soeben gezielt auf dein Inneres abgefeuert habe?"

Ich werde mir der Situation und Deutung meiner Worte bewusst und muss ebenfalls lachen.

„Du bist der erste Mann, mit dem ich nach dem Sex lachen kann."

„Du darfst auch beim Sex lachen, Louisa."

„Wieso?"

„Weil ich es mag, wenn dein Körper bebt oder vibriert."

„Du Wüstling bist wohl nie gesättigt?"

„Gib mir eine halbe Stunde und ich zeige dir, wie viel Appetit ich auf dich habe", raunt er und lässt damit eine neue Welle puren Verlangens durch mich hindurchrieseln. Ich gleite sanft von ihm herunter, denn ich fühle, wie schwerfällig mein Körper sich plötzlich anfühlt.

Daniel erhebt sich und packt mich. Ich schlinge ihm automatisch die Arme um den Hals.

„Ich bringe dich ins Bett, meine Schöne."

„Ich muss vorher ins Badezimmer."

„Dann ins Badezimmer“, ruft er, als handle es sich um einen Schlachtruf, und ich frage mich erneut, wie viele Facetten dieser Mensch haben kann und wie viele ich davon noch kennenlernen werde.

„Was habt ihr heute in der Küche besprochen?“, frage ich, nachdem er mich abgesetzt hat, und greife nach meiner Zahnbürste.

„Nichts weiter“, raunt er und schmiegt sich von hinten an mich. Sein Blick findet meinen im Spiegel und er seufzt ergeben.

„Eli hat mich erwischt, wie ich einen Ratgeber über das Vaterwerden gelesen habe. Sie hat es zuvor schon geahnt und sich die Bestätigung in der Personalakte geholt.“

„Oh“, hauche ich und eine kleine Seifen-Zahnpasta-Blase entschlüpft meinen Lippen.

„Sie hat mich also zur Rede gestellt, denn normalerweise reden wir über alles. Es hat sie verletzt, dass ich nicht darüber gesprochen habe.“

Ich spüle meinen Mund aus.

„Warum hast du es nicht?“

Er sieht mich lange an, als müsse er selbst darüber nachdenken und würde die Antwort nicht finden.

„Ich weiß es nicht. Ich wollte es nicht zu früh verraten, damit ich es besser einsetzen kann.“

„Einsetzen? Das hört sich ja fast an, als handle es sich um eine Geheimwaffe“, scherze ich, doch seine Miene sagt mir, dass er nicht scherzt. Irgendwas in dieser Richtung war die richtige Behauptung, und das lässt mich mit mehr Fragen als Antworten zurück.

Er wendet sich ab und verlässt das Badezimmer. Ich bin zu sehr in meinen Emotionen gefangen, um ihn weiter zur Rede zu stellen. Irgendwas sagt mir, dass es mich weitaus mehr erschrecken wird, das gesamte Ausmaß seines Plans zu verstehen.

Irgendwas sagt mir, dass ich nicht glücklich sein werde mit der Wahrheit. Die Frage ist nur, wie lange ich mit einer Lüge leben kann. Morgen treffe ich mich mit seiner Mutter. Bis vor ein paar Minuten habe ich mich noch darauf gefreut. Doch jetzt bin ich mir unsicher, ich weiß nicht, wie ich mich verhalten soll. Ich lüge dieser Frau, die ich wirklich mag, ins Gesicht, und das alles, ohne einen wirklichen Grund zu wissen. Was mich zur nächsten Überlegung zwingt. Gibt es überhaupt eine zutreffende Entschuldigung für eine Lüge? Es ist ja keine kleine Notlüge, um eine Überraschung nicht zu zerstören, sondern es muss irgendwas Größeres sein. Etwas wirklich Ernstes. Ich traue Daniel genug oder bilde mir ein, ihn gut genug zu kennen, um zu wissen, dass er nicht leichtfertig eine Lüge lebt. Was auch immer ihn also dazu bringt, sollte mich mehr erschrecken als die Tatsache, dass ich ihm blind vertrauen muss. Etwas, das ich bis jetzt, wenn auch mit kleinem Gefühlsausbruch am Morgen, sehr gut geschafft habe.

Ich habe das dringende Bedürfnis, mich mit jemandem darüber zu unterhalten. Doch genau hier liegt das Problem. Vertraglich gesehen darf ich es niemandem erzählen und die einzige Person, die davon ausgenommen ist, ist er selbst. Er, der mir keine Antworten geben will.

Kapitel 28

DANIEL

Aufregung ist ein Gefühl der Stärkung, zumindest, wenn man es zum Erlernen neuer Wege nutzt.

Ich sitze im Büro der Fluggesellschaft und lehne mich in meinem Schreibtischstuhl zurück. Eli war den ganzen Vormittag beschäftigt und hat nicht einmal hereingeschaut. Zumindest hat sie vorgegeben, zu beschäftigt zu sein. Aber ich bin nicht dumm, ich kenne meine Schwester. Sie geht mir aus dem Weg und lässt mich schmoren. Mit einem Seufzen lehne ich mich zurück und verschränke die Arme hinter meinem Kopf. Ich schaue auf meinen Schreibtisch und entdecke eine bunte Zeitschrift, die mir zuvor nicht aufgefallen ist.

Ich greife danach und unterdrücke nur mit viel Mühe ein Grinsen.

Sicherheit in Haus und Hof mit Kleinkind

So hart, wie sie immer tut, und so gerne sie mich dafür nun verflucht, nicht mit ihr gesprochen zu haben, das hier ist ein stillschweigendes Annehmen meiner Entschuldigung.

„Du hast sie also gefunden?“, erklingt in dem Moment ihre Stimme. Ich war so in meinen Gedanken versunken, dass ich sie nicht einmal gehört habe.

„Ja, aber was genau soll ich damit?“

Sie schmunzelt und kommt herein, die Tür gleitet hinter ihr zu und sie setzt sich mir gegenüber an den Schreibtisch.

„Kleinkinder sind wahre Künstler. Erst recht oder vor allem, wenn es um das Entdecken ihrer Umgebung geht. Sie sind wie Napoleon und wollen die Welt entdecken. Sehr beliebt sind hauptsächlich Wohnungstüren und immer wieder haben Kinder ihre Finger dazwischen oder darunter, was leichte Quetschungen bis schwere Verletzungen nach sich ziehen kann. Aber …“, ruft sie und hebt triumphierend die Zeitung in die Höhe.

„Es gibt eine kostengünstige Alternative zu allen Sicherheitsvorkehrungen. Heizungsrohr-Isolation aus diesem weichen Stoffzeug. Das findest du laut diesem Bericht in jedem Baumarkt. Man kann es auf die gewünschte Länge der Tür kürzen.“

„Aber was hat die Heizungsisolation mit der Tür und den Fingern meines Kindes zu tun?“

Sie sieht mich an, als wäre ich schwer von Begriff, und vielleicht bin ich das in der Tat, zumindest in diesem Punkt.

„Wird diese am Türblatt angebracht, kann die Tür nicht zuschlagen und die Finger können nicht eingeklemmt werden.“

„Das ist nicht dein Ernst“, werfe ich ein und sie deutet auf den Bericht mit der Anleitung sowie den roten Kasten mit Warnhinweis.

Nicht in der Höhe des Kindes anbringen. Kinder können hineinbeißen und Kleinteile davon verschlucken.

Ich schüttle den Kopf und sehe sie sprachlos an.

„Du wärst erstaunt, was es alles gibt. Interessant ist auch, dass Dänemark als kinderfreundlichstes Land gilt. Kaum zu glauben, wenn man in einer Großstadt wie New York lebt, wo es nur so von Kleinkindern wimmelt", scherzt Eli.

„Oder auch die Tatsache, dass sich bis zum fünften Lebensmonat das Geburtsgewicht verdoppelt hat. Es erreicht am Ende des ersten Lebensjahres das Dreifache. Auch die Größe wird bis um die Hälfte mehr zugenommen haben und lässt das Baby viel robuster und größer erscheinen." Sie seufzt, als könne sie es schon vor sich sehen.

„Wusstest du, dass manche Gegenstände sogar noch besser als die Heizungsisolation sind?"

„Nein, lass mich raten, es ist Klebeband?"

„Daniel", murrt sie empört. „Die Poolnudel wird dein Freund und Helfer für das gesamte Leben. Du kannst harte Kanten wie die Fensterbänke abrunden, Tischecken abrunden oder sie ebenfalls für die Tür benutzen. Dafür wird die Poolnudel einfach eingeschnitten, abgeschnitten und drum herum geklemmt. Aber auch für das Reisen ist sie Gold wert und kann neben der Bespaßung deinen Schlaf retten. Wenn du die Poolnudel unter das Bettlaken legst, fällt dein Baby durch die entstandene Erhöhung nicht aus dem Bett. Dafür einfach das Laken anheben, Poolnudeln darunterschieben und das Bettlaken wieder festziehen. Fertig ist das Schlafglück und die Sicherheit für tiefe Träume ist gegeben."

Ich schmunzle und lehne mich vor, verschränke meine Arme auf dem Tisch und sehe sie belustigt an.

„Dafür, dass du gestern noch die Hölle auf Erden beschworen hast, bist du jetzt aber ziemlich Feuer und Flamme?"

„Übertreibe es nicht, Daniel. Hier schau, das ist auch eine wundervolle Idee, um etwas arbeiten zu können, wenn du auf das Kind aufpasst. Mit einem aufblasbaren Pool sind Sie auf der sicheren Seite. Diesen aufblasen und in der Wohnung mit Decken auslegen. Das Baby oder Kind kann darin spielen und sich durch die aufblasbaren weichen Wände nicht verletzen. Zum Spielen eignen sich weiche, kuschlige Stofftiere, je nach Alter auch Bauklötze. Später kann alles als Bällebad genutzt werden oder im Sommer als Schwimmbecken mit Wasser im Außenbereich. Es bietet je nach Größe auch im Badezimmer eine Alternative zur Badewanne", liest sie vor und ich starre sie an. Alle Belustigung ist aus mir gewichen, denn ihre Worte haben eine eisige Kälte über mich hinweggeschickt, die sich krampfhaft in meiner Brust festzusetzen scheint.

„Denkst du, ich würde oft allein auf das Kind aufpassen?"

„Ich weiß es nicht, ich dachte, an den Wochenenden, wenn du Vaterzeit hast?"

„Vaterzeit?" Die Kälte in meiner Brust zieht sich zusammen. Ich spüre, wie sich eine feine Filmschicht Schweiß auf meiner Wirbelsäule ausbreitet. Nicht vom Schwitzen, sondern ebenso eisig wie die Kälte um mein Herz.

„Ich…“, beginne ich und stocke.

Vielleicht hat sie recht, ich habe nicht mit Louisa darüber gesprochen, was genau sie vorhat. Alles, was sie zurzeit bei mir hält, ist ein Vertrag. Eine Abmachung.

Was ist, wenn sie wirklich gehen will? Wenn ich mein Kind nur an Wochenenden oder festen Feiertagen sehe? Nein, das ist absurd, Louisa ist ein Familienmensch, denke ich zumindest, denn in Wahrheit habe ich keine Ahnung. Vielleicht hat der Umstand mit ihrem eigenen Erwachsenwerden auch zu tiefe Spuren hinterlassen, um an eine Familie zu glauben oder davon zu träumen.

„Ich denke, es ist besser, du bist darauf vorbereitet. Hier steht wirklich eine ganze Menge nützlicher Dinge drin, zum Beispiel der Umgang mit Wickeltasche und Kinderwagen.“

Sie scheint die erwähnte Seite zu suchen und beginnt daraus vorzulesen. „Eine Sache, die viele Eltern überraschend trifft, ist der Kinderwagen. Wenn du eine Wickeltasche gepackt hast und diese locker über den Kinderwagen hängst, kann dieser kippen. Die Wickeltasche sollte also immer unten im Wagen verstaut oder über deiner Schulter zu finden sein, um böse Überraschungen zu vermeiden…“, rattert sie den Text herunter und ich schaue zu ihr hinüber. Doch ich sehe sie nicht wirklich, ebenso nehme ich nicht wirklich den Text wahr.

Alles, an das ich denken kann, ist, dass Louisa von mir weggeht. Mit meinem Kind. Um mit einem anderen Mann glücklich zu sein. Das ist zu viel, ich kann das nicht. Nein, ich muss das jetzt klären.

„Ich komme später zurück“, rufe ich und springe auf. Eli wirft mir einen überraschten Blick zu.

„Aber warte doch, hier steht noch mehr“, ruft sie mir hinterher, aber ich eile weiter. Die Menschen im Flughafengebäude schauen mir erschrocken entgegen. Ich habe keine Zeit, darauf Rücksicht zu nehmen. Ich muss so schnell wie möglich zu Louisa, bevor sie sich dazu entscheidet und mich für einen anderen Mann verlässt.

Ich habe nicht darüber nachgedacht, dass diese Möglichkeit im Raum steht. Es wundert mich, da ich sonst eher der Realist bin, der alles genauestens durchdenkt. Wie konnte es mir also ausgerechnet hier passieren? Ich greife mir an den Kopf und fühle mich überhitzt; werde ich krank oder ist das wirklich gerade eine Panikattacke? Ich habe davon gelesen, aber noch nie eine erlebt. Aber ich erinnere mich daran, als Eli auf der High School eine hatte. Inmitten der ganzen Schüler. Es war grauenhaft. Automatisch zuckt mein Blick zu den Leuten zurück, die sich um mich herum bewegen, und ich weiß eines ganz sicher: Ich werde hier und jetzt keine bekommen. Fest entschlossen eile ich weiter, um Geist über Körper zu stellen und zumindest das Auto zu erreichen, bevor es mich doch dahin zerrt.

Sie müsste jetzt eigentlich mit meiner Mutter beim Friseur sein. Ein erneuter Blick auf die Uhr lässt mich jedoch wissen, dass sie dort nicht mehr lange sein werden. Wie ich meine Mutter kenne, wird sie Lou dazu überreden, danach noch einen Kaffee trinken zu gehen, wobei es ihr natürlich eher um die heißen Waffeln mit Kirschen geht. Ich kenne meine Mutter und ich wäre froh, das Gleiche nun über Louisa sagen zu können. Aber die Wahrheit ist, ich habe keine Ahnung, wie es in ihr aussieht. Natürlich haben wir darüber gesprochen, wie toll es ist, ein Kind zu bekommen. Aber so wirklich, was der Jeweilige plant oder vorhat oder sich wünscht, ist nicht zur Sprache gekommen. Stattdessen wollte sie von mir wissen, was los ist und warum ich eine Frau sozusagen kaufe. Ein Thema, das ich absolut nicht aufgreifen wollte. Und genau da begann der Stopp unserer Verständigung.

Ich war stur und sie verletzt, ein anhaltender Zustand bis jetzt. Außer der notwendigen Kommunikation gibt es kaum Gespräche. Ich erreiche das Auto und springe förmlich hinter das Steuer. Zeit, zu klären, dass mir eine Vereinbarung nicht mehr genügt. Ich will mehr, benötige das Gesamtpaket. Es ist plötzlich so klar ersichtlich, dass ich mich frage, was vorher meine Sicht vernebelt hat. Louisa ist die Frau fürs Leben. Sie ist es, die morgens neben mir wach wird und abends einschläft. Zu Beginn hatte ich ein Gästezimmer für sie eingeplant, aber irgendwie sind wir nie dazu gekommen, dieses zu nutzen. Mir war nur nicht bewusst, wie selbstverständlich sie sich meinem Leben angepasst hat, sich einfach in den Alltag eingefügt hat. Selbst in die gesamte Familie. Klar, natürlich haben wir diese Abmachung, aber das hier ist mehr. Das ist kein Verlangen, keine Lust, das geht viel tiefer.

Ich starte den Wagen und fahre los, überquere die erste Kreuzung und missachte fast die Ampelanlage. Verdammt. Ich muss mich konzentrieren.

Ein Streifenwagen fährt neben mich an die Ampel und hält. Ich schaue zu ihm hinüber und sehe dem Polizisten entschuldigend entgegen. Natürlich ist ihm mein Fahrmanöver nicht entgangen, aber er ist freundlich genug und schaut weg.

Ich stoße ein stilles Gebet gen Himmel aus und nehme mir vor, nun nach den Verkehrsregeln zu fahren. Das gelingt mir auch relativ gut, denn offen gestanden brauche ich mein Leben, zumindest wenn ich Louisa überzeugen will, es gemeinsam zu verbringen.

Der Friseursalon muss hier irgendwo sein, wenn mich nicht alles täuscht. Ich schaue mich um und finde eine Parklücke. Das ist es, drei Häuser weiter müsste die kleine Eingangstür sein. Nachdem ich eines der überteuerten Parktickets gezogen habe, eile ich los. Bitte sei noch da.

Ich öffne die Tür und eine kleine Glocke über der Tür ertönt, um mein Eintreten anzukündigen. Aus dem hinteren Bereich des Salons kommt eine junge Dame auf mich zu. Sie schenkt mir ein scheues Lächeln und sieht mich interessiert an.

„Was kann ich für Sie tun?"

„Ich suche meine Mutter", antworte ich und merke, wie schrecklich verschoben das in meinem Alter klingt.

Sie zieht fragend eine Augenbraue hoch und ich nenne ihr den Namen und die Uhrzeit des Termins.

„Sie müsste in Begleitung gewesen sein."

Die Friseurin nickt. „Sie sind bereits gegangen."

Ihr Blick gleitet auf die Uhr.

„Ich denke, so circa vor einer halben Stunde."

„Vielen Dank."

Ich spare mir die Mühe zu fragen, ob sie gesagt haben, wo sie hinwollen, denn meine Mutter ist ein Gewohnheitsmensch. Sie nutzt immer ein und dieselben Cafés. Den gleichen Friseur. Das ausgewählte Restaurant. Ich will zuerst das Café anstreben, doch dann erinnere ich mich an Louisas Gelüste zurzeit und bin mir sicher, dass sie im Restaurant sind. Dort angekommen, muss ich mir jedoch eingestehen, dass ich nervöser bin als gedacht. Ich schaue mich unruhig um, blicke durch die Windschutzscheibe auf die Glasfront des Restaurants und will nicht aussteigen. Eigentlich ist das nicht meine Art. Ich erkenne mich selbst nicht wieder. Was ist nur los mit mir? Zornig über dieses Grünschnabel-Verhalten stoße ich die Tür auf und steige aus. Ich sehe einen Blumenladen und entscheide mich dafür, dort zuvor einen Abstecher zu machen.

„Kann ich helfen?"

„Ich suche Blumen", erkläre ich aufschlussreich und die ältere Verkäuferin sowie eine weitere Kundin grinsen.

„Das suchen wir alle, sonst wären wir nicht hier. Aber entscheiden Sie weise, junger Mann. Blumen können mehr sagen als Worte."

Ich starre die Dame an. „Und welche Sprache sprechen sie?"

„Die Blumen sprechen die Sprache der Entschuldigung, Trost, Trauer, Liebe, Zuneigung. Es ist immer eine Sache der Darreichungsform."

Die Verkäuferin lacht.

„Anne, nun mach dem Mann keine Angst. Also, aus welchem Anlass soll es denn sein?“

„Ich denke, Entschuldigung und Liebe?“

„Oh, schwere Geschütze“, seufzt Anne und die Verkäuferin kommt um ihren Tresen herum.

„Dann schauen wir mal.“

„Stehen Sie sich nahe?“

Ich schaue die beiden Frauen an, die sich interessierte Blicke zuwerfen, und ergebe mich meinem Schicksal. Wahrscheinlich sollte ich für ihre Hilfe dankbar sein.

Ich werde es mir zumindest fest vornehmen, meine Dankbarkeit zum Ausdruck zu bringen, gleich nachdem ich alles andere richtiggestellt habe.

Kapitel 29

LOUISA

Dazugehörigkeit ist ein Teil des Lebens, den jeder anstrebt und deren Kosten sich die wenigsten bewusst sind.

Das Leben ist manchmal mehr als schwierig, aber mit frisch geschnittenen Spitzen und ein paar aufgehellten Strähnchen fühlt man sich doch frischer, da muss ich Daniels Mutter recht geben.

„Wie wäre es mit einer kleinen Erfrischung?"

„Erfrischung?", frage ich und sehe interessiert zu ihr hinüber. Sie war sehr schweigsam während unseres Besuchs beim Friseur, doch jetzt scheint sie aufzublühen.

„Ich habe etwas Neues entdeckt, ein Café direkt im Park."

„Gerne, warum nicht?"

„Normalerweise mache ich das nicht", erklärt sie mit einem Lächeln.

„Was? Kaffee im Park trinken?"

„Ein neues Café zu testen, wenn ich bereits eines gefunden habe, das mir gefällt."

„Warum das?"

„Ich weiß nicht, ich finde den Gedanken, Altes wertzuschätzen, irgendwie schöner“, raunt sie und ich schaue erneut fasziniert auf die Frau, die mir so nah ist, obwohl ich sie nicht kenne.

„Ja, leider ein kaum noch gelebter Wert in dieser Welt.“

„Leider, aber es lohnt sich, zu reparieren, statt neu anzuschaffen.“ Ich frage mich, während ich neben ihr hergehe, ob wir immer noch vom Kaffee sprechen oder ob sie auf etwas ganz anderes anspielt. Die Stimmung zwischen mir und Daniel ist geladen. Es ist nicht so, dass ich nichts für ihn empfinde. Es ist eher so, dass es zu viel ist und ich deswegen gerne wissen würde, was wirklich vor sich geht, bevor er mich verletzt und ich zerbrochen zurückbleibe, während er weiterlebt und nichts von diesem Schmerz spürt.

„Manchmal denken wir, glaube ich, zu viel, um zu genießen, was wir hätten haben können“, spreche ich meine Gedanken laut aus und nun ist es an ihr, interessiert zu mir herüberzuschauen.

„Weißt du, es ist das erste Mal seit langer Zeit, dass Daniel uns jemanden vorstellt.“

So? Ich nicke, als ob ich mir dessen bewusst wäre. Dabei möchte ich sie alles Erdenkliche fragen. Wissen, warum er so schwierig ist und mir einfach nicht ehrlich entgegenkommt. Dabei fasse ich einen Entschluss. Ich werde das nicht länger mitmachen können. Lieber bin ich allein als dieses Schauspiel aufrechtzuerhalten, welches weder ihn noch mich am Ende glücklich machen wird.

„Er redet nicht viel darüber, aber für ihn ist es ein großer Schritt, eine tiefere Verbindung einzugehen."

„Ich denke, Daniel weiß ganz gut, was er möchte", werfe ich ein, denn ich fühle mich leicht unwohl, über ihn zu sprechen. Vor allem mit seiner Mutter.

„Das Problem liegt nicht darin, was er will. Das Problem liegt darin, dass er nicht weiß, wie er es erreichen kann."

„Bis jetzt scheint er sich ganz gut durchzusetzen."

Sie schmunzelt, schüttelt jedoch den Kopf. „Nein, das täuscht. Er ist ein guter Spieler, er versteht es, Menschen glauben zu machen, was er möchte, dass sie glauben. Aber in seinem Inneren ist er unsicher und alleine. Zumindest war er es, du scheinst ihm gutzutun."

Ich unterdrücke meine Antwort, versuche mich zu sammeln, bevor ich etwas Unüberlegtes von mir gebe, das einer Vertragsverletzung gleicht.

„Weißt du was, Liebes, mir ist jetzt doch nach einem guten Steak vor dem Café. Lust, mein Lieblingsrestaurant kennenzulernen?"

„Aber sicher", versichere ich und schmunzle. Wir gehen zusammen die Straßen entlang und ich bin erstaunt, dass es sich um eines der kleineren Lokale handelt. Keines der edlen Restaurants, dabei könnte sie sich das durchaus leisten.

„Überrascht?", fragt sie und öffnet mir die Tür.

„Schon ein wenig."

„Niemals nach dem Äußeren urteilen. Komm."

Ich folge ihr hinein, ziehe überrascht den wohlriechenden Duft ein. Es riecht perfekt. Wir werden zu einem der kleinen Ecktische geführt und nehmen Platz.

„Erzähle mir, Louisa, was denkst du? Wie wird es weitergehen mit euch?“

„Ich denke, das bringt die Zeit.“

„Manchmal hat man diese aber nicht.“

Etwas an diesem Satz lässt mich zusammenzucken. Die Erinnerung an den Absturz holt mich ein. Der Moment, in dem mir bewusst wurde, dass wir sterben könnten, dass es nicht mehr in unserer Hand liegt.

„Wir wissen nie, wann unsere Zeit gekommen ist.“

„Und wenngleich uns das bewusst geworden ist, nutzen wir sie viel zu selten.“

„Ich weiß, dass es mir bei dem Absturz bewusst wurde, aber was ist mit dir?“

Sie sieht mich fast zärtlich an. Es ist einer dieser Blicke, die Mütter ihren Kindern zuwerfen.

„Louisa“, erklingt eine Stimme hinter mir, die uns beide erstaunt aufsehen lässt. Daniel kommt auf uns zu, einen riesigen Blumenstrauß in seiner Hand.

„Ich weiß, ich bin ein Esel, ein Idiot, selbstsüchtig und nicht gerecht dir gegenüber gewesen. Aber bitte versprich mir eines, bleibe an meiner Seite.“

„Daniel“, raune ich unsicher, ob das wieder zu seinem Vertrag gehört oder was zur Hölle ihn dazu veranlassen sollte, hier mit dieser Rede aufzutauchen.

„Louisa, hör mir zu. Ich habe Unmögliches von dir verlangt.“

„Ich lasse euch beide mal kurz allein“, raunt seine Mutter, doch er hält sie hier.

„Nein, bleib, es betrifft dich ebenso.“

Ich verstehe immer weniger, was vor sich geht, aber ich fühle, dass es ihm ernst ist. Sein Blick ist nachdenklich.

„Daniel, ist alles in Ordnung?“, frage ich, denn so langsam macht mir sein Verhalten Angst.

„Meine Mutter hat Krebs.“

Ich weiß nicht, wer von uns beiden entsetzter die Luft einzieht, sie oder ich.

„Das ist der Grund des ganzen Theaters, deswegen wollte ich, dass du die Frau an meiner Seite spielst.“

„Daniel“, ruft seine Mutter erschrocken und starrt zwischen uns hin und her, ihre Finger vor den Mund geschlagen.

„Aber dann, sieh uns an. Ich kann nicht genug von dir bekommen. Das Baby, es ist alles so einfach und doch habe ich mich davor versperrt. Ich wollte mir selbst nicht eingestehen, dass ich euch beide in meinem Leben benötige.“

Ich schniefe leise, denn es sind genau die Worte, die ich mir erhofft habe, allerdings zu einer anderen Zeit und ich muss für mich herausfinden, ob es zu spät ist oder ob ich damit zurechtkomme.

„Das Baby?“, keucht seine Mutter und ich blicke zu ihr hinüber, versuche in ihrem Gesicht zu erkennen, ob sie sich freut. Dann kommen mir erneut seine Worte in den Sinn.

Sie hat Krebs, deswegen die Verbundenheit, das Nachempfinden, wie schnell das Leben vorbei sein kann. Darum die Frage nach dem weiteren Weg, die weisen Worte.

„Es war nicht geplant. Daniel und ich ...“, beginne ich.

„Kind, ich bin mir durchaus bewusst, wie Kinder entstehen“, haucht sie und in ihren Augen liegt ein Glanz, den ich noch nicht deuten kann. Dann wechselt ihr Gesichtsausdruck.

„Also war es schon bei dem Absturz bekannt?“, fragt sie und sieht mich wahnsinnig erschrocken an.

„Mir ja, Daniel nein. Mir wurde erst dort bewusst, wie dringend ich es ihm sagen muss. Aber die Angst, meinen Job zu verlieren oder was er dazu sagen würde, war einfach riesengroß.“

„Oh, Kind“, haucht sie und zieht mich in ihre Arme.

Mein Blick streift über ihre Schulter zu Daniel, der immer noch mit seinem riesigen Blumenstrauß dort steht.

„Du bist in bester Behandlung, oder?“, frage ich, denn plötzlich fühlt es sich für mich unerträglich an, darüber nachzudenken, dass sie vielleicht ihr Enkelkind nicht kennenlernt. Sie spannt sich bei meiner Frage an und auch Daniel scheint wie erstarrt. Ich befürchte schon, etwas Falsches gesagt zu haben, da räuspert er sich.

„Das ist einer der Gründe, warum ich dir das Schauspiel nicht erklären konnte, du solltest unbefangen sein. Eine Eigenschaft, die ich in diesem Fall nicht an den

Tag legen kann. Meine Mutter hat sich gegen den Kampf entschieden."

„Aber warum?", frage ich und schäme mich im selben Moment, vielleicht ist es zu intim, das zu fragen. Immerhin ist es ihr Leben. Es ist ausgefüllt mit liebenden Menschen, einem tollen Zuhause und wunderbaren Kindern, was es mir schwerer macht, zu verstehen, warum sie nicht kämpfen sollte.

„Ich bin müde, Kind."

Ich schaue sie an, schüttle meinen Kopf. Natürlich habe ich sie verstanden, aber ich begreife nicht, wie sie sich fühlen muss, um so eine Entscheidung zu treffen.

„Ich weiß nicht, wie ich mich in solch einem Moment entscheiden würde", raune ich bestürzt und rücke auf der kleinen Sitzbank zur Seite, damit Daniel sich setzen kann. Mein Gesicht vergräbt sich in der Blumenpracht und ich ziehe tief den Atem ein.

„Hast du alle Alternativen durchdacht?"

Sie seufzt und setzt sich gerader hin.

„Aber natürlich." Ihr Blick gleitet liebevoll auf meinen Bauch. Ich streiche sanft mit der Hand darüber.

„Ich habe bald einen neuen Ultraschalltermin, man sieht weiterhin nicht viel, aber wenn du mit möchtest …"

„Sehr gerne, Louisa. Es wäre mir eine Ehre, mein Enkelchen zu sehen."

„Ich hoffe, dass du deinem Enkelchen hinterherrennen kannst", mischt sich Daniel ein.

Ich werfe ihm einen Blick zu, um seine Gedanken zu lesen, es verletzt ihn.

Ich kann es verstehen, aber es darf nicht so offensichtlich herüberkommen. Auch als Sohn muss er in diesem Fall ihre Entscheidung akzeptieren.

„Daniel“, sagt sie und lässt ihre Finger auf den Unterarm ihres Sohnes gleiten.

„Was? Wann warst du das letzte Mal zur Kontrolle?“, verlangt er zu wissen und sie seufzt.

„Ich war nicht mehr dort, ich möchte es nicht wissen.“

„Aber wäre es nicht besser, zumindest kleinere Maßnahmen ergreifen zu können, um Leiden zu verringern?“, mische ich mich ein und sie nickt.

„Ja, wahrscheinlich schon. Ich werde einen Termin machen. Aber jetzt lasst uns etwas essen, ich sterbe vor Hunger.“

Sie merkt ihren Fauxpas in der Wortwahl und sieht uns entschuldigend an, ehe sie den Kopf schüttelt und lacht. Wir starren sie an, meine Finger schieben sich in Daniels.

„Ihr müsstet eure Gesichter sehen, meine Güte, noch ist es nicht so weit und ich wäre dankbar, wenn wir die Zeit nutzen können.“

„Sie hat recht, manches ist einfach unausweichlich und wenn sie sich für einen selbstbestimmten, aber kurzen statt durchgeplanten längeren, dafür vielleicht mit Leiden erfüllten Weg entscheidet, dann ist es ihr gutes Recht“, füge ich leise an Daniel gewandt hinzu.

Er sieht mich an, der Schmerz in seinen Augen ist unverkennbar und ich spüre, wie mein Herz vor Liebe für diesen Mann überquillt.

Wir bestellen uns etwas zu essen und gönnen uns einen Nachtisch. Nach diesem verabschiedet sich seine Mutter und verspricht, sich vor dem Termin zum Ultraschall auf jeden Fall zu melden. Ich danke ihr für den schönen Tag und warte, bis Daniel sie zur Tür des Restaurants begleitet hat und zurückkommt, denn ich habe mir noch einen Orangensaft bestellt und warte sehnsüchtig darauf, den sauren Geschmack nach dem süßen Essen zu spüren. Aber vor allem warte ich darauf, dass Daniel zurückkommt. Denn wir müssen reden.

Er strebt mit langen Schritten den Tisch an und erneut bewundere ich, ohne es zu wollen, seine elegante Haltung, sein aristokratisch wirkendes Gesicht und diese wundervollen sanftmütigen Augen, die mich fixieren.

„Nun ist die Katze aus dem Sack“, raunt er und setzt sich, wobei er seine Krawatte ein Stück im Hemd feststeckt, damit sie nicht auf dem Tisch hängt.

„Das kann man wohl sagen. Wieso hast du es mir nicht vorher erzählt? Und jetzt komm mir nicht wieder mit diesem, ich sollte unbefangen sein. Das ist etwas, das wirklich …“, ich stocke, ich weiß nicht einmal, wie ich es nennen soll.

„Lou, ich liebe dich, ich weiß nicht, was genau schiefgelaufen ist. Wann ich begonnen habe mich so dumm zu verhalten und mich dazu entschieden habe, mich wie ein Esel zu benehmen. Aber ich habe es getan. Ich habe falsche Entscheidungen getroffen und war fest davon überzeugt, dass es die richtigen sind.“

„Das hast du“, stimme ich zu und sehe, wie er schmerzverzerrt das Gesicht verzieht.

„Du kannst nicht erwarten, dass ich dir dabei widerspreche. Aber ich bin zumindest froh, dass du selbst mitbekommen hast, wie dumm es war. Wir haben uns beide nicht auf die beste Art und Weise kennengelernt und es ist mir klar, dass ein Kind wahrscheinlich nicht zu deiner Planung gehörte."

Sein Blick lässt mich innehalten, denn etwas wie Schuld huscht durch seine Augen.

„Warte, du wolltest ein Kind?"

„So kann man es nicht sagen, ich dachte, ich spiele meinen Eltern vor, eines zu bekommen, um ihren Kampfgeist zu wecken."

„Oh, Daniel, und dann? Wann hättest du es aufgeklärt?"

„Sobald sie in Behandlung gewesen wäre", knurrt er.

Ich schüttle den Kopf.

„So funktioniert das im Leben nicht."

„Nein, ich weiß, habe ich nun auch verstanden. Aber sieh uns an. Wir bekommen ein Baby."

„Und kennen uns kaum", raune ich.

„Dann gib mir die Chance, das zu ändern. Ich weiß, ich war ein Idiot, ich hätte dich nicht mit dort hineinzerren sollen. Louisa, du bist etwas ganz Besonderes. Es ist einfach so wundervoll mit dir. Alles fühlt sich einfacher an, wenn du an meiner Seite bist."

„Aber Daniel, du legst falsche Hoffnungen in unsere Verbindung. Ich werde deine Mutter nicht dazu bringen können, sich einer Behandlung zu unterziehen."

„Das habe ich verstanden und auch, dass es ihr gutes Recht ist, und ich glaube, mit dir an meiner Seite kann ich es akzeptieren. Du schenkst mir etwas sehr Wertvolles. Du lässt mich sehen, was sie sieht. Ich werde Vater, das verändert mein gesamtes Weltbild."

„Ich weiß nicht", werfe ich ein, denn ich habe Angst, dass er sich morgen vielleicht umentscheidet oder es sich anders überlegt. Dass es ein Test ist, wie weit ich mich an den Vertrag halte, oder sonst was. Ich habe nicht viel Glück gehabt in meinem Leben, erst recht nicht, wenn ich Menschen mein Vertrauen schenkte.

„Wusstest du, dass man Heizungsisolationen nutzen kann, damit sich Kinder nicht die Finger in der Tür klemmen? Keine Feuchttücher mit Duftstoffen, dass es Schnuller gibt, die man fürs Zahnen mit Wasser füllen und einfrieren kann? Dass eine Poolnudel auch als Bettschutz genutzt werden kann, damit das Baby nicht hinausfällt, und man sie aufgeschnitten über die Kanten an Fensterbänken schieben kann, damit sie sich nicht stoßen?"

Ich starre ihn, überrascht von seinem Ausbruch und seinem Wissen, an.

„Ich habe all das in den vergangenen Tagen gelesen. Denn ich kann mir nicht vorstellen, all das zu verpassen. Aber es geht mir nicht nur um das Baby. Es geht mir darum, dass wir es gemeinsam erleben. Ich möchte der Mann an deiner Seite sein, der dich vor vollen Windeleimern, dreckigen Wäschebergen und Heulkrämpfen rettet."

Ich habe keine Ahnung, was meine Entscheidung beeinflusst, aber egal, wie sich alles entwickeln wird, in diesem Moment beschließe ich, es versuchen zu wollen. Ich will diesen Mann, denn mein Herz schlägt schon die ganze Zeit für ihn.

„Versuchen wir es."

„Ich weiß, dass du …", er hält inne und starrt mich an. „Wir versuchen es?"

„Außer du entscheidest dich um", scherze ich und er zieht mich so überraschend in seine Arme, dass mein Gesicht an seiner breiten Brust landet. Ich hebe ihm meinen Kopf entgegen und lache. Daniel beugt sich herab, verteilt etliche kleine Küsse auf meinem Gesicht.

„Ich kann dir nicht sagen, wie glücklich du mich damit machst. Das ist das schönste Geschenk meines Lebens."

„Lass uns einfach darauf achten, dass wir uns nicht gegenseitig verletzen", bitte ich.

Seine Hände legen sich links und rechts um meine Wangen, halten mich fest. Sein Blick festigt sich in meinem. „Ich werde schwören, dich nie mit Absicht zu verletzen, und sollte ich es tun, so sage es mir spfort, dass ich den gleichen Fehler nicht zweimal mache."

Seine Lippen verschließen meine erneut, doch in diesem Kuss liegt kein Verlangen. Es liegt viel mehr darin. Es ist, als würden wir einen Schwur besiegeln.

„Hast du gesagt, dass du mich liebst?", frage ich und schmunzle.

„Ja, Louisa, und ich bin bereit, es in die ganze Welt hinauszuschreien."

Epilog

Wenn der Glaube stärker ist als die Angst, kannst du alles erreichen.

Ich stehe vor dem Spiegel, mein Blick ist auf das weiße Kleid gerichtet. Es ist mein Brautkleid, ein unbeschreibliches Gefühl. Ich betrachte mich von allen Seiten und schweige, obwohl ich vor Euphorie schreien könnte, aber in meinem Hals steckt ein dicker Knoten. Das hier ist mein ganz eigener Moment. Es ist ein Moment der Stille, in dem ich mir über die Bedeutung dieses Kleides für meinen großen Tag klar werde. Es ist ein wunderschönes Kleid, das aus Spitze und feinem Stoff gefertigt wurde. Ein Kleid, das einst seiner Mutter gehörte. Der Frau, die mir gezeigt hat, dass es nicht wichtig ist, dasselbe Blut zu teilen. Man kann auch eine Familie bilden, ohne blutsverwandt zu sein. Die Frau, die mich gelehrt hat, mir selbst mehr Vertrauen zu schenken, und die mir eine beste Freundin ist.

„Es ist wunderschön", raunt Karin und lächelt mir im Spiegel zu.

„Das ist es.“

Es betont meine Figur und lässt mich strahlen. Ich fühle mich wie eine Prinzessin, die darauf wartet, von ihrem Prinzen abgeholt zu werden. Aber heute wird er mich nicht holen. Ich werde auf ihn zu schreiten, im Beisein unserer Freunde und Familien. Ich lächle und schließe für einen kurzen Moment die Augen, um tief Luft zu holen. Ich denke an all die bevorstehenden Momente, die ich in diesem Kleid gleich erleben werde, und frage mich, ob sich seine Mutter damals auch so gefühlt hat, als sie dieses Kleid trug. Ich weiß, dass dieser Tag der Beginn eines neuen Kapitels in meinem Leben sein wird und dass ich in diesem Kleid bereit bin, alles zu erreichen, was ich mir wünschte.

„Bist du bereit?“

„Ich glaube, man kann nicht wirklich dafür bereit sein“, keuche ich, denn es fühlt sich so überwältigend an.

Eine Hochzeit ist ein bedeutender Meilenstein im Leben zweier Menschen, die beschlossen haben, ihr Leben gemeinsam zu verbringen. Es ist ein Tag voller Liebe, Freude und Feierlichkeiten.

Eine Feierlichkeit, an der Familie und Freunde zusammenkommen. Doch was ist der eigentliche Sinn einer Hochzeit? Geht es wirklich darum, den Namen zu ändern und der gesamten Welt zu zeigen, dass man zusammengehört? Geht es um Steuerersparnisse?

„Worum geht es bei einer Hochzeit?“, frage ich und Karin sieht mich überrascht an.

„Was meinst du?“

„Für viele Menschen ist eine Hochzeit eine symbolische Vereinigung. Sie vollziehen die Trauung, um zusammenzugehören.“

„Tun wir das nicht auch ohne eine Hochzeit?“

„Louisa, ich glaube es ja nicht. Du bekommst kalte Füße“, ruft Karin und bricht in schallendes Gelächter aus.

Ich verziehe den Mund und zucke hilflos mit den Schultern. „Vielleicht“, gebe ich zu.

„Das ist etwas, womit ich nie gerechnet hätte.“ Karin kommt die wenigen Meter zu mir und schlingt mir die Arme um die Schultern. Ich lehne mich für ein paar Minuten bei ihr an und atme tief durch.

Ein leises Klopfen an der Tür unterbricht uns, unsere Blicke wenden sich hinüber und schauen Eli entgegen, die durch die Öffnung schlüpft und sie schnell wieder schließt.

„Noch zehn Minuten“, raunt sie und bleibt mitten im Raum stehen. Ihr Blick gleitet über uns, ihre vollen Lippen öffnen sich zu einem stillen Oh.

„Oh nein, du hast keine kalten Füße!“

Ihr erschrockener Ausruf bringt uns zum Lachen, was sie einstimmen lässt. Mit diesen beiden Frauen an meiner Seite und meiner baldigen Schwiegermutter kann einfach nichts schiefgehen. Doch das Wichtigste ist der Mann in meinem Leben, der Mensch, auf den ich mich jeden Tag, jede Sekunde verlasse. Wir sind mittlerweile ein eingespieltes Team und nach unserem großen Tag, der uns für immer zu Mann und Frau machen wird, werden wir uns gemeinsam der Geburt unseres ersten Kindes widmen. Der Tumor stagniert zurzeit, was bedeutet, dass auch die werdende Oma etwas Zeit mit ihrem Enkelkind geschenkt bekommt, und das Funkeln in Elis Augen, wenn sie durch die Kirche schreitet, lässt mich erahnen, dass sie jemanden gefunden hat, der ihr eine Gänsehaut der besonderen Art beschert.

„Okay, tief durchatmen. Es wird alles gut. Wir gehen dort raus. Du heiratest den Mann deiner Träume und verschwindest in die Flitterwochen und danach machst du mich zur stolzesten Tante auf der ganzen Welt", erklärt Eleonora den Plan.

Ich kichere und nicke ihr zu.

„So machen wir es, lass uns gehen, damit ich mir meinen Mann schnappen kann."

Manchmal spielt das Leben vielleicht nicht, wie wir es erwartet haben. Aber oftmals ist alles, was wir benötigen, etwas Vertrauen und der Weg offenbart sich zum puren Glück.

Die Geschichte ist zwar zu Ende, aber ich habe noch ein Geschenk für Dich:

Einen gratis Liebesroman!

Hol ihn Dir hier:

https://www.ava-steel.com/

Klappentext zum Freebie:

Die junge Ärztin Everleigh Prentiss wird unverhofft Mutter.

Vater des Babys ist ihr ONE-NIGHT-STAND Sebastian, ein verdammt attraktiver Millionär. Als Everleigh ihm von der Schwangerschaft erzählt, reagiert der knallharte Geschäftsmann anders als erhofft …

Zu allem Übel muss sie auch noch feststellen, dass er ein dunkles Geheimnis verbirgt. **Werden die beiden doch noch zueinander finden, um eine glückliche Familie zu sein?**

Weitere Bücher dieser Serie

Love Me Ceo - Ava Steel

**Du spielst die Fake Freundin für Deinen heißen, dominanten Boss.
Ihr beide spielt Eure Fake Beziehung perfekt vor.
Doch Du hast schon verloren, Kleine!
Denn Du bringst echte Gefühle ins Spiel ...**

Die selbstbewusste Sekretärin Kimberly lebt mit ihrer Schwester in einem 1-Zimmer-Apartment in New York. Ihre Schwester ist schwerkrank und auf teure Medikamente angewiesen.
Als die beiden diese nicht länger bezahlen können, fängt Kimberly einen Nebenjob in einem Club an. Aber der zwielichtige Schuppen erweist sich als Albtraum.

Da kommt es Kimberly gerade recht, dass ihr Boss, Aiden Armstrong, ihr ein unmoralisches & unwiderstehliches Angebot zugleich macht: **Sie soll seine Fake Freundin spielen – für satte 100.000 Dollar.**
Aiden braucht dringend eine Frau an seiner Seite, um seinem Vater zu beweisen, dass er verantwortungsbewusst und reif genug ist, die Firma zu erben.
Kimberly & Aiden kommen sich näher – bis die Sekretärin eines Tages einen positiven Schwangerschaftstest in den Händen hält.
Zu allem Übel mischt sich ein Feind in das Chaos ein, der es absolut nicht gut mit den beiden meint.

Wird es dennoch ein Happy End für Kimberly & Aiden geben?

(In sich abgeschlossener Liebesroman mit Happy End & heißen Szenen)

Play me, CEO! Schwanger vom Milliardär

Du hast eine letzte Chance, dein Leben in den Griff zu bekommen. Doch es gibt ein riesiges Problem: dein steinreicher, heißer Boss. Du hast dich schonmal in deinen Chef verliebt und fast alles verloren.
Dein neuer Boss ist ein Playboy und verdammt heiß.
Kannst du ihm widerstehen? Oder wird dies dein sicherer Untergang ...

Die schüchterne Ally lebt in ihrem 2-Zimmer-Apartment in New York. Sie liebt das Leben in dieser riesigen Stadt. Leider hat sie auch ihren Ex-Boss geliebt, doch dieser hat alles andere als fair gespielt. Nach dem Verlust ihres Jobs plagen sie Geldsorgen und sie hat das Gefühl, nie wieder jemanden vertrauen zu können.

Vielleicht meint es das Schicksal ja doch gut mit Ally, denn sie bekommt eine tolle Arbeitsstelle in einer angesehenen Firma. Ihr neuer Boss übt vom ersten Moment an eine magische Anziehung auf sie aus und er scheint ähnlich für sie zu empfinden. Die beiden kommen sich verboten nahe ... Für eine Weile scheint es zu funktionieren - bis zu dem Moment, in dem sein Unternehmen in Gefahr gerät und er Ally verdächtigt, an dem Komplott beteiligt zu sein. Zeitgleich offenbart seine gutaussehende Ex ein Geheimnis, das Allys Welt auf den Kopf stellt.

Werden die beiden wieder zueinander finden? Und was, wenn eine einzige gemeinsame Nacht Folgen fürs Leben hat?

Touch Me CEO - Ava Steel

Deine Hilfsbereitschaft hat dich schon so manches Mal fast den Kopf gekostet,
doch diesmal wird der Preis höher sein. Denn dein neuer Boss verlangt dein Herz!
Nein, genau genommen verlangt er von dir, so zu tun, als würde dein Herz IHM gehören.
Das fällt dir viel zu leicht, denn er ist verdammt heiß und durchtrainiert... und er will eine Fake Beziehung!

Die hilfsbereite Rachel Monroe lebt mit ihren Freundinnen in New York und genießt das Leben in der Großstadt. Ihr Alltag ist durchstrukturiert und alles ist geordnet, zumindest bis der unglaubliche Hunter Avalon in ihr Leben tritt.
Er ist das pure Chaos und hat sein Leben nicht im Griff, doch genau das wird nun von ihm gefordert, zumindest, wenn er das Avalon Imperium nicht verlieren möchte. Dafür braucht er eine perfekte Beziehung, einen geregelten Tagesablauf und eine Frau an seiner Seite.
Was ein Glück, dass er auf der Hochzeit eines Freundes Rachel begegnet. Ihr wütender Blick trifft ihn direkt ins Herz. Da ihre Abneigung spürbar ist, scheint sie die perfekte Frau für seinen Zweck zu sein ... denn er liebt Herausforderungen!

Kann aus einer Fake Beziehung echte Liebe werden?

Flirt Me, CEO - Ava Steel

Lindsay lebt in ihrer bunten WG mitten in New York und weiß das Leben zu genießen. Zumindest, bis ihr Job gekündigt und die Miete erhöht wird. Zum Glück bietet sich schnell eine neue Stelle als Nanny an!
Es gibt nur ein Problem: Der neue Boss Daddy namens Aaron Amandi ist viel zu heiß, um keine unanständigen Gedanken zu bekommen. Leider scheint Lindsay nicht die Einzige zu sein, die das bemerkt hat.

Aaron ist einer der reichsten Junggesellen New Yorks und hat vor, dies zu bleiben. Doch zu seiner Überraschung hat ihm einer seiner One-Night-Stands Zwillinge hinterlassen und sich abgesetzt. Er hat keine Zeit, um sich um seine Kinder zu kümmern, und vor allem keine Ahnung von Kindererziehung. Gott sei Dank meldet sich auf seine Suchanzeige die hilfsbereite und loyal wirkende Lindsay.

Da der erfolgreiche Aaron wegen seiner Firma nie lange an einem Ort bleiben kann, ergibt sich eine kleine Besonderheit für seine Babysitterin: Sie und die Kinder müssen mit, wo auch immer er hingeht.

Wie lange können sich Lindsay und Aaron auf engstem Raum widerstehen?
Und kann aus dem ungleichen Paar vielleicht sogar ein Liebespaar werden?

Take me, CEO! Gerettet vom heißen Boss

Für Yuna Young ist New York die Stadt, in der Träume wahr werden, und so nimmt sie den nächsten Flieger in die Großstadt. Gefangen in der Flucht vor der Vergangenheit und dem Streben nach Glück, stolpert sie direkt in die starken Arme von Mike Night. Nichtsahnend, dass sie ihrem neuen Boss näher als gedacht ist, verbringt sie eine heiße Nacht mit ihm. Eine folgenschwere Entscheidung, wie der Schwangerschaftstest wenig später bestätigt.

Mike Night ist einer der begabtesten Sicherheitsexperten, dabei hat der Milliardär das Arbeiten schon lange nicht mehr nötig. Er hält nach einer neuen Vorzimmerdame Ausschau, da kommt ihm Yuna wie gerufen. Doch die Kleine scheint nicht ganz allein in die Stadt der Träume gekommen zu sein. Um mehr über sie zu erfahren, gibt er sich kurzerhand als Mitarbeiter seiner eigenen Firma aus.

Die beiden kommen sich näher und können nicht voneinander lassen. Doch Yunas Schatten der Vergangenheit stehen deren Glück im Weg.
Probleme stellen für Mike zwar eine Leidenschaft dar. Das Problem in diesem Fall ist jedoch der Umstand, dass die junge Frau sich auf keinen Fall helfen lassen will.

Wird Yuna sich doch noch von ihm retten lassen?
Und wie wird Mike reagieren, wenn er von der Baby Surprise erfährt?

(In sich abgeschlossener Liebesroman mit Happy End & heißen Szenen

Get me, CEO!: Verführt vom neuen Boss

Mein Name ist Alice Rush. Ich liebe gutes Essen, es gibt einem das Gefühl, lebendig zu sein. Nie hätte ich gedacht, dass ausgerechnet mein Job als Köchin mich dazu bringt, meine positive Meinung über Essen zu überdenken.

Vielleicht liegt es aber auch nur am bekanntesten Restaurantbesitzer in New York und seiner schlechten Laune, sobald er mich sieht. Zu allem Übel soll ich auch noch seine Fake-Ehefrau spielen, damit er das Sorgerecht für seinen zuckersüßen Sohn behält.

Mein Name ist Basil Williams und die Billionen auf meinem Konto könnten nicht unwichtiger erscheinen, als meine beste Köchin das Handtuch wirft. Ihre Nachfolgerin ist niemand Geringeres als die junge Alice, die nicht nur in New York, sondern auch in meiner Küche mit ihrer schüchternen Art überfordert zu sein scheint.

Leider spricht ihr Körper einen Instinkt bei mir an, den ich lieber im Verborgenen halten würde. Doch mein Sohnemann liebt Alice… Deshalb ist sie die perfekte Besetzung als meine Fake-Ehefrau, die ich dringend brauche, um beim Sorgerechtsstreit gegen meine Ex zu gewinnen.

Kann Alice das harte Herz von Basil erwärmen?Schaffen die beiden es, die Würze ihrer Gerichte auf das Liebesleben übergreifen zu lassen?

Feel Me, CEO - Ava Steel

Ich bin Sofia Hampton, eine der begabtesten Überlebenskünstlerinnen. Mein Job als virtuelle Assistenz wird jedoch hart auf die Probe gestellt, als mein Auftraggeber mich zu sich nach Hause bestellt. Wir verbringen gemeinsam die Nacht meines Lebens und ich bin mehr als erstaunt, als er am nächsten Morgen verschwunden ist und kurz darauf in allen Zeitungen und Fernsehsendern erscheint. Als wäre das nicht genug, bittet er mich auch noch, seine heimliche Geliebte zu werden und offiziell für ihn als Assistentin zu arbeiten. Das Problem? Mein Herz, ein positiver Schwangerschaftstest und seine Verlobte.
Mein Name ist Tyron Stone, zukünftiger Alleinerbe einer riesigen Kreuzfahrtgesellschaft, zumindest wenn ich die Vertragsanforderungen erfülle. Das Leben ist trist und farblos, genau wie meine von der Dynastie vertraglich ausgewählte Verlobte. Der einzige Lichtblick? Meine neue Assistentin Sofia Hampton, sie ist nicht nur eine erfreuliche Abwechslung, sondern auch erfrischend ehrlich. Durch sie fühle ich mich lebendig. Der Haken? Ich werde meine Verlobte heiraten müssen. Und das Einzige, was Sofia und mir bleibt, sind ein paar heimliche Stunden.

Kann Sofia Tyron vor der Macht der Dynastie retten? Und hat die Liebe der beiden eine Chance?

(In sich abgeschlossener Liebesroman mit Happy End & heißen Szenen)

Try me, CEO! Mitternachts-Deal mit dem heißen Boss

Mein Name ist Kathy Lovely. Nachdem mein Ex mich vor dem Altar stehen gelassen hat, verschreibe ich mich als Krankenschwester in jeder Hinsicht meinem Beruf und schwöre der Männerwelt ab. Zumindest bis mein neuer Patient auftaucht. Er bietet mir eine Anstellung, bei der ich nicht nein sagen kann. Ehe ich mich versehe, bin ich nicht nur bei ihm eingezogen, sondern auch noch von ihm schwanger. Es gibt nur ein Problem: Unsere Vereinbarung endet Heiligabend um Mitternacht und ich weiß nicht, ob mein Herz das begriffen hat.

Mein Name ist Noah Skyler, ich bin Milliardär, gutaussehend und von der Welt gelangweilt. Was mich wirklich reizt, sind schnelle Autos und schöne Frauen. Genau die zwei Gründe, die mich in die Notaufnahme befördern. Auf dem Weg dorthin schwöre ich mir: Jetzt ist Schluss mit den Weibern. Meine Entschlossenheit hält genauso lange an, bis mir dieser blonde Engel, meine Krankenschwester, in den Schoß fällt.

Wird an Heiligabend wirklich alles vorbei sein oder der Zauber der Liebe siegen?

(In sich abgeschlossener Liebesroman mit Happy End & heißen Szenen)

Nachwort

Vielen Dank, dass du mein Buch bis zu Ende gelesen hast.

Ich hoffe sehr, dass es dir gefallen hat.

Wenn du mehr von meinen Geschichten lesen möchtest, dann...

Melde dich bei meinem Newsletter an für kostenlose Bücher & aktuelle Neuigkeiten:

https://www.ava-steel.com

Schaue bei meiner Facebook-Fanpage vorbei:

https://ava-steel.com/Fanpage

Besuche meine Amazon-Fanpage und folge mir, um keines meiner neuen Bücher zu verpassen:

https://ava-steel.com/autorenseite

Schreibe mir eine E-Mail mit deinen Fragen oder Anregungen:

info@ava-steel.com

Impressum

Publishing Systems LLC

2880W Oakland Park Blvd

Suite 225C

Oakland Park, FL. Us 3311

https://ava-steel.com

info@ava-steel.com

1. Auflage 2023

Printed in Germany
by Amazon Distribution
GmbH, Leipzig

31562614R00150